KB142671

일상이 독서다

일상이 독서다

이혜진 지음

W미디어

Contents

머리말

일기일회—期—會. 사장님이 사내 전체로 보낸 메일의 이 단어를 한참이나 바라봤다. 평생 단 한 번의 만남. 일생 단 한 번의 인연.

내게 있어 단 한 번의 인연이란 딸 하은이와의 만남이었다. 어렵게 임신이 되어 태교에 열을 올리던 그 때 대형 병원의 산부인과 의사는 아이가 수주 안에 뱃속에서 사산될 거라고 경고했다. 생전 처음으로 자살이라는 단어를 떠올렸을 만큼 내게는 힘든 시기였다.

하지만 의사의 말이 무색하게 아이는 뱃속에서 몇 달간을 잘 버텨줬고, 마침내는 세상 밖으로 나와 큰 수술을 받으면서도 두 달간의 신생아 중환자실 생활을 이겨내며 나를 만나러 와주었다.

딸아이와의 만남은 내 삶의 가치관을 바꾸어놓았다. 이 세상에서 무엇을 우선순위로 두고 살아갈 것인지 고민하게 해줬고, 주변에서 만나는 사람들과의 인연이 스쳐가는 우연이 아닌 필연이라는 점을 알게 해줬다.

일상이 독서다

힘든 그 시간이 어서 지나가주기만을 바라던 그 때, 내게 큰 힘이 되어주었던 건 기도와 책이었다. 육아 관련 책들을 찾아 읽으면서 이 아이가 죽느냐 사느냐에 대한 고민이 아닌, 어떻게 아이를 키울지 고민할 수 있어 행복했다. 육아 책들을 읽을수록 아이와 반드시 만날 수 있을 거란 확신이 들어 설렜다.

지금 그 아이가 다섯 살이 되어 내 옆에서 웃고 떠들고 있다. 그리고 아이와의 인연으로 시작된 책 읽기가 자연스럽게 내 삶의 일부가 되었다. 그래서 누군가에게 내가 책에서 받은 위로를 다시 들려주고 싶었다.

나는 아이를 임신하고 본격적으로 책을 편 늦깎이 독서가다. 학자 풍의 부모님 밑에서 자라지도 않았고, 가방끈이 길어서 공부를 업으로 삼는 사람도 아니다. 대단한 지식을 얻기 위해 책을 읽는 것도 아니다. 아이가 아픈 사실을 알았을 땐 그저 살고 싶어서 읽었고, 지금은 그저 책이 좋아서 읽는다. 가뭄진 마음에 빗줄기가 되어주는 그 책을 찾아서 오늘도 펼친다.

나는 14년차 직장인이고, 5년차 엄마다. 워킹맘으로서의 삶이 어느 정도 익숙해졌다고 생각하면서도 한 번씩 무너질 때가 있다. 직장인으로서도 엄마로서도 오십 점짜리라는 자괴감이 들 때. 아무리 최선을 다해도 내 능력 밖이라 여겨질 때.

직장인으로, 엄마로 열심히 살았지만 항상 허전했다. 그럴 때면 마음에 가뭄이 들어 쩍쩍 갈라지는 소리가 들렸다. 그 마음에 물을 부어주는 작업이 내겐 책 읽기였다. 아이를 재워놓고 읽다만 소설책을 펴면서 마음의 위로를 얻었다. 반복되는 업무에 무력감이 들 때면 자기계발서를 펼쳐놓고 집 나간 열정을 다시 불렀다. 나도 처음인 엄마 노릇이 힘겨워지면 육아 책을 펴고 SOS를 쳤다. 거의 세 시간에 육박하는 출퇴근길의 독서는 또 다른 여행길이 되었다. 점심시간 틈틈이 들르는 회사 근처의 서점은 기분 전환을 위한 훌륭한 쇼핑 장소가 되었다.

글을 쓴다는 건 내겐 용기가 필요한 일이었다. 아이의 병력을 밝힌다는 것이 치부가 될 수도 있다는 걱정과, 누가 내 이야기를 들어 줄까라는 의심과 계속해서 싸워야 했기 때문이다. 하지만 이 이야기가 누군가에게 작은 희망과 응원이 될 수 있다면 더없이 기쁠 것 같다.

내가 키우는 것이 아니라 나를 키워가고 있는 내 딸 하은이, 든든한 버팀목 같은 남편 은성 씨, 물심양면으로 응원해주시는 부모님들께 진심으로 감사드린다. 모든 것이 합력하여 선을 이루시는 그분의 뜻을 알기에 감사하다.

이혜진

제 1 장
내 인생 최고의 날

○
너의 의미

2012년 11월 29일은 산부인과에서 임산부 수첩을 받고 공식적으로 내가 임산부가 된 날이다. 결혼한 지 5년 만에 생긴 아이였다. 그 사이에 임신이 된 적은 있었지만 7주째 계류유산으로 아기를 보낸 아픔이 있었다. 나는 원체 건강 체질인데다 병원에 입원한 번 해본 적이 없는데, 이상하게 임신은 마음대로 되지 않았다.

임산부로 공식 인정을 받은 그 날 이후로 나는 정성스럽게 태교를 시작했다. 아기를 생각하며 태교 일기를 쓰고, 생전 듣지도 않던 클래식 전집 CD를 사와서 듣기 시작했다. 육아 책들을 잔뜩 주문했고, 오랜만에 밑줄을 그어가며 그것들을 열독했다. 라면을 먹으면 양수가 더러워진다고 해서 그 좋아하는 라면도 안 먹었다. 회사에 지각을 하는 일이 있어도 안 뛰었다. 이미 한 번 유산 경험이 있었던지라 살얼음판을 걷는 것처럼 하루하루 항상 조심했다.

임신 20주째, 정밀 초음파 검사를 하는 날이었다. 12주째 초음파 검사 때 기형아 선별 검사인 목 투명대 길이 측정검사가 정상치었고 손가락 열 개, 발가락 열 개가 문제없이 달려 있다는 걸 확인했던지라 이번에도 마음 놓고 병원을 방문했다. 그런데 의사 선생님으로부터 청천벽력 같은 소리를 들었다.

"아기의 배에 복수가 차 있는 것 같아요. 대형 병원으로 가서 진료 받아보세요. 제 생각에는 조금 심각한 것 같습니다."

다음날 대형 종합병원인 Y병원에 부랴부랴 진료를 받으러 갔다. 한 시간여 초음파 검사를 하던 의사가 말했다.

"가망 없습니다. 이미 복수가 너무 심각하게 찼어요. 지금 꺼내서 수술한다고 해도 살 가망이 없고, 지켜본다고 해도 뱃속에서 얼마나 살 수 있을지…. 의사로서 이런 말씀 드리기 어렵지만 중절 수술을 해도 이상하지 않은 상태예요."

태어나서 처음으로 죽고 싶다는 생각이 들었다. 다들 멀쩡하게 애만 잘 낳고 사는데 왜 나한테만 이런 일이 생길까? 하루 종일 울고만 있다가, 문득 이대로 있으면 안 되겠다는 생각이 들었다.

인터넷 검색을 하다 A병원이 태아 치료로 유명하다는 것을 알게 되었고, 바로 전화로 상담을 했다. Y병원에서 들었던 의사의 이야기를 전달하며 급히 진료 좀 봐달라고 간청했다. 내 간절함이 통했는지 다음날로 진료 예약을 잡아줬다.

다음날 A병원을 방문해 진료를 봤다. 태아의 복수를 빼는 것이 시급하다고 하여 바로 수술실로 들어갔다. 내 팔 길이만한 바늘을 보는

데 얼마나 무섭던지…. 초음파 상으로 보이는 아이도 많이 놀랐는지 바늘을 피해 이리저리 움직이느라 좀처럼 가만히 있지 않았다.

'한 번만 도와줘. 복수를 빼야 너도 살고 나도 살아.'

아이가 엄마의 기도를 들은 모양인지 잠깐 움직임을 멈추었고, 그 사이 간신히 복수를 뺄 수 있었다. 그 시술 이후로, 몇 주 버티지 못할 거라던 Y병원 의사의 말이 무색하게 아이는 뱃속에서 잘 자라줬다.

물론 그 뒤로도 지난한 일들이 지나갔다. 경기도 집에서 회사가 있는 서울까지 왕복 세 시간 거리를 매일 출퇴근해야 했던 나는 조금만 걸어도 배가 뭉치는 통에 앉을자리만 찾아다녔다. 30주쯤에 양수 조절이 안 되어 양수 빼는 시술을 했고, 32주 이후부터는 아예 병원에 입원하여 누워 지냈다.

그러다가 37주에 아기 상태가 좋아 보이지 않는다고 하여 긴급하게 수술을 하고 아기를 꺼냈다. 아기를 만났다는 기쁨도 잠시, 사흘 뒤에 아기 오른쪽 폐의 2/3를 잘라내는 수술을 했다. 수술 후에도 두 달 반을 신생아 중환자실에 있었다.

매일 아침과 점심은 내가, 저녁은 남편이 면회를 갔다. 보통아기라면 엄마의 품안에 안겨 있을 시간에 내 아기는 작고 좁은 인큐베이터에서 조금씩 자랐다. 처음으로 눈을 뜨고, 또 손과 발을 조금씩 움직이기 시작한 곳도 엄마의 품이 아닌 인큐베이터였다. 그럼에도 초점 책을 가져가줬더니 한참을 쳐다보기도 했다. 손을 잡아주고, 나지막한 목소리로 노래를 불러주면 아이는 나와 눈을 맞추고 가만히 쳐다

일상이 독서다

봤다. 그 눈길이 다시 한 번 나의 마음을 다짐하게 했다.

'이렇게 작은 너도 잘 버텨줬는데 나도 힘낼게. 빨리 집으로 가자.'

나는 생각을 다른 주제로 돌리기로 했다. 갑자기 나는 불이 환히 켜진 따뜻하고 쾌적한 강의실의 강단에 서 있었다. 내 앞에는 청중들이 푹신한 의자에 앉아서 내 강의를 경청하고 있었다. 나는 강제수용소에서의 심리 상태에 대한 강의를 하고 있었던 것이다! 그 순간 나를 짓누르던 모든 것들이 객관적으로 변하고, 일정한 거리를 둔 과학적인 관점에서 그것을 보고 설명할 수 있게 되었다. 이런 방법을 통해 나는 어느 정도 내가 처한 상황과 순간의 고통을 이기는 데 성공했고, 그것을 마치 과거에 이미 일어난 일처럼 관찰할 수 있었다. ─ 빅터 프랭클의 《죽음의 수용소에서》

〈죽음의 수용소에서〉의 작가인 빅터 프랭클은 제2차 세계대전 당시 아우슈비츠 수용소에서 지옥 같은 날들을 버티며 살아남아, 해방된 후 '로고테라피'라는 이론을 세운다. '로고스'는 의미를 뜻하는데 환자가 미래에 이루어야 할 과제가 갖고 있는 의미에 초점을 맞추어 '자기한테만 집중하는 증상'을 방지하는 정신치료 기법이다.

그는 수용소 생활이 익숙해지니 두 시간 전까지 같이 이야기하던 옆 동료가 사체가 되어 들것에 옮겨져도 아무 감정이 일지 않았다고 한다. '특별 배식이 나오면 무엇과 바꿔 먹을까, 힘든 작업장 대신 수용소 안에서 일할 수 있도록 도와줄 카포는 없을까' 수용소에서 버티는 것이 삶의 전부가 되어 오로지 자신의 편의만 생각한다. 그러다 훗날 수용소에서의 생활과 심리 상태를 강의하는 자신의 모습을 상상함으로써 피해자가 아닌 관찰자의 눈으로 자신과 수용소 내부를 볼 수 있게 된다.

나는 뱃속의 아이에게 문제가 있다는 걸 알게 된 후 처음으로 죽고 싶다는 생각이 들 만큼 힘들었다. 하지만 이내 마음을 추슬렀다. 그리고 병명을 검색해서 정확히 어떤 질병인지, 생존율은 얼마나 되는지, 수술 후 어느 정도의 차도가 있는지 관련 글들을 찾아 읽어보기 시작했다. 그리고 태아 치료를 전문으로 하는 병원을 찾았다. 남편과도 아기의 병명에 대한 정보를 공유하며 자주 이야기를 했다. 주변에 숨기지 않고 적극적으로 도움을 요청했더니 회사에서도 예정일보다 2개월이나 일찍 휴직에 들어갈 수 있도록 배려해줬다.

고통스럽더라도 나를 고통스럽게 하는 문제를 객관적으로 바라봤다. 문제와 나를 동일시하지 않고 한 발자국 떨어져서 바라보니 문제의 실마리가 풀리기 시작했다. 매일 일기를 쓰며 현 상황, 앞으로의 기대에 대해 기록했던 것도 '시선의 객관화'를 유지하는데 큰 도움을 줬던 것 같다. '아이를 만날 수 있을까'라는 불안과 의심은 일기를 쓰면서부터 '반드시 만날 수 있다'라는 확신으로 바뀌었다.

나는 매일 일기를 쓰고, 육아 책들을 열심히 찾아 읽으며 아이를 만날 준비를 했다. 어느 날은 일기장에 '너와 같이 하고 싶은 일'이라는 제목을 적고 리스트를 써 내려갔다. 같이 서점에 가서 책 구경하기, 같이 '스타벅스'에 가서 아까 산 책 같이 읽기, 둘이서만 여행 가기, 마트에서 같이 장보기, 같이 영화보기···. 거창한 계획들이 아니라 소소한 일상을 같이 하고 싶었다. 보통엄마들이 자신의 아이들과 하는 보통 일을 나도 하고 싶었다. 그리고 리스트 마지막엔 '꼭 같이 하자'라고 적었다.

올해 아이는 다섯 살이 되었다. 나는 일기장에 적었던 대로 아이의 손을 잡고 서점을 가고, 마트도 자주 간다. 가끔 스타벅스도 간다. 하도 뛰어다니는 민폐 꼬맹이 덕에 오래 앉아 있지 못하지만 말이다. 둘이서만 여행 가기도 올해 말쯤 꼭 실천해보고 싶다. 겨울 휴가를 길게 받아 같이 제주도에서 시간을 보내려 한다. '너와 같이 하고 싶은 일'은 이제 내게도 당연한 일상이 되었다. 하지만 아직도 일상의 소소한 행복을 하나씩 누릴 때마다 가슴이 벅차오른다. 누군가에게는 당연한 일상이 누군가에게는 당연하지 않을 수 있고, 눈물 나게 감사한 호사가 되기도 한다는 걸 잊지 않으려 한다.

지금도 아이의 배에는 복수를 뽑는 시술 때 생긴 바늘 자국과 폐수술을 받고 꿰맸던 흉터가 남아 있다. 아마 흉터는 시간이 한참 흐른 뒤에도 남아 있을 것이다. 가끔 그 흉터를 손으로 만져주면서 이야기한다.

"우리 아기로 와줘서 정말 고마워!"

가르쳐주지도 않았는데 언제 캐럴 송을 외웠는지 율동까지 넣어가며 노래하는 아이의 모습을 오래오래 가슴에 담아두고 싶다. 이런 평범한 일상에 감동하고 감사하는 마음을 잊지 않으려 한다.

오늘도 아이를 보며 생각한다. 네가 나를 엄마로 선택해서 와준 것이 감사해서 나도 너를 만나기 위해 열심히 버텼다고. 의사도 가망 없다고 했던 그 때 포기하지 않기를 정말 잘했다고. 결국 우연을 필연으로 만들어가는 건 우리가 부여하는 의미가 아니겠냐고. 앞으로 살면서 더 어려운 일을 만난다 해도 같이 이겨냈던 그 시간을 기억해 내자고 말이다.

지금 여기서 행복하기

J는 내가 초등학교 5학년 때부터 알고 지낸 친구다. 우리는 중학교 때도 3년 내내 붙어 다녔다. 서로 다른 고등학교에 배정을 받고서도 자주 연락하고 만나며 지냈었다. J는 부정적인 생각을 많이 하는 아이였다. 지나치게 강압적인 아빠와 지나치게 눈치를 보는 엄마 사이에서 J는 안정감을 얻지 못했던 것 같다. J는 항상 가정에 대해 불평했고, 더 나은 형편의 친구들을 부러워했다.

J는 성인이 되고 난 후에야 자신이 백혈병이라는 것을 알게 되었다. 거의 매주 투석을 하러 다녔다. 골수이식까지 제대로 받아야 그나마 완치될 가능성이 있다고 했다. 병까지 생긴 이후 J는 만날 때마다 신세 한탄을 했다. 매주 병원을 가니 차라리 죽는 게 낫겠다는 무서운 말을 아무렇지도 않게 했다. 대학생이 되자 J와 나는 각자 연애를 시작하느라 이전만큼 자주 만나지 못했다. 재학 중에 내가 일본으로 어학연수를 가게 되면서 잠시 연락이 끊기기도 했다.

내가 일본을 다녀온 이후 4학년이 되고, 졸업이 가까워 오면서 취업준비를 하던 중 J에게서 연락이 왔다. 병원에 입원해 있다고. 내가 일본에 가 있는 동안 상태가 더 나빠졌던 모양이다. 의사가 조금 무리해서 이번에 수술을 받자고 했는데 고민하는 중이라고 했다. 더 이상 병원을 매일같이 왔다 갔다 하는 것도 싫고, 수술을 받는 것도 무섭다고 했다. 다이어트가 지상 과제였던 J는 그 와중에 입원하고 살이 많이 빠졌다고 좋아했다. 그리고 전화를 끊기 직전에, 괜찮으면 면회 한 번 오라고 말했다.

J와 통화를 했던 그 즈음 나는 적잖이 좌절하고 있었다. 여러 회사에 이력서를 넣고 있었는데, 내 의욕과는 대비될 만큼 내게 관심을 주는 회사가 없었던 때문이다. 졸업이 가까워오면서 취업전선에서 벗어나 원하는 회사에 들어갔다는 친구들이 늘어났다. 마음의 여유가 없던 나는 J의 면회를 가지 못했다.

"요새 면접 보러 다니느라 정신이 없네. 좀 나중에 갈게."

그러다 일주일쯤 후에 문자가 왔다.

《고 ○○○의 장례식 안내. ○○병원》

장례식장에서 J의 어머니를 만나고 나서야 그녀가 무리하게 수술을 받다가 몸이 견디지 못했다는 이야기를 듣게 되었다. 그 때 처음으로 알았다. 미루면 영원히 하지 못할 일이 생기기도 한다는 걸.

일상이 독서다

나는 확실히 안다. 우리 모두에게는 숨을 들이마신 후 신발을 벗어 던지고 무대로 걸어 나와 춤출 기회가 매일 주어진다. 한 점 후회 없이 지칠 때까지 즐거움을 누리고 까르르 웃으며 기쁨으로 가득 찬 삶을 살 기회가 매일 온다. 그 때 우리는 삶이라는 무대 위로 담대하게 춤추며 올라, 직관에 따라 자신의 영혼이 살포시 이끄는 방향을 따르면 된다. 물론 벽 앞에 조용히 앉아 자기 의심과 두려움의 그늘에 머무를 수도 있겠다. 바로 지금이 선택해야 할 순간이다. 지금 이 순간만이 우리가 그 존재를 확신할 수 있는 유일한 순간이다.   – 오프라 윈프리의 《내가 확실히 아는 것들》

오프라 윈프리의 〈내가 확실히 아는 것들〉이라는 책을 읽고 깊은 감동을 받았다. 이 책을 읽기 전까지는 그녀를 운 좋게 대성공을 거둔 사람이라고 제멋대로 생각했다. 하지만 그녀가 가진 바른 태도와 영적인 힘이 고스란히 반영된 이 책을 읽으며 그녀를 닮고 싶다는 생각이 들었다. 그녀가 책에 적었던 대로 나도 '최고로 행복한 순간 열 장면'을 노트에 적어봤다.

1. 양쪽에서 아이를 껴안고 나는 오른쪽 볼에, 남편은 왼쪽 볼에 동시에 뽀뽀 세례를 할 때(그러면 아이가 자지러질 듯이 웃어대는데 그 순간이 정말 행복하다)
2. 아침에 일찍 일어나 책을 읽고 일기를 쓸 때
3. 외출하면서 잠깐 짬을 내어 서점에 들렀을 때
4. 읽고 싶어 마음이 확 끌리는 책을 만났을 때

5. 엄마가 나를 위해 맛있는 요리를 해줄 때. 특히 엄마표 미역국이 제일 좋다.

6. 남편과 손잡고 한적하게 산책할 때

7. 땀 흘리면서 운동할 때

8. 나를 만나러 친구 보라가 경산에서 부천까지 몇 시간을 걸려 와줬을 때. 그녀와 수다를 떨 때

9. 가족들이 다 같이 모여 밥 먹을 때. 밀린 수다를 떨 때

10. 아이를 무릎에 앉히고 책 읽어줄 때

물론 회사에서 상사들에게 인정받고 업무평가를 좋게 받을 때도 기분이 좋다. 첫 차를 샀을 때도, 첫 집을 샀을 때도 행복했다. 하지만 갖고 싶은 것을 손에 쥔 후 그 기쁨은 이내 사라졌다. 첫 차를 산 이후에 좀 더 좋은 차가 사고 싶어졌고, 첫 집을 산 이후에 좀 더 넓은 집으로 옮기고 싶어졌다. 회사에서는 더 많이 인정받고 싶어졌다.

한 번은 명품 백이 갖고 싶다고 졸랐더니 남편이 큰맘 먹고 프라다 가방을 사줬다. 지금까지 열 번이나 멨을까? 비 오는 날은 가죽 상할까봐, 흰색이라 때 탈까봐, 책을 많이 넣으면 가방 상할까봐 그동안 몇 번 메지도 않고 계속 옷장에 모셔 두고만 있다. 무슨 모델로 살까 몇 날 며칠을 그렇게 고민했던 프라다 가방이 선사한 기쁨은 딱 2주였다. 결국 내가 기록에 남기고 싶은 행복한 순간에는 가족이 있고, 나만의 조용한 시간이 있고, 친구와 책이 있었다. 평범하게 살아온

만큼 내 삶에 극적이고 빛나는 순간은 그리 많지 않다. 하지만 삶이 보이지 않는 무수한 점들로 이어진 선이라고 한다면, 그 무수한 점은 사소하고 소소한 지금 여기서의 일상들이다.

생각해보면 나는 언제나 현재에 살지 못했다. 밥을 먹는 그 순간에도 음식의 맛을 음미하기보다는 주말에 어디로 갈지 스마트폰을 만지작거렸다. 회사를 다니면서도 어디로 이직할 수 있을지 고민했다. 아이는 옆에서 같이 놀아달라고 아우성인데, 나는 아이가 읽을 책을 인터넷으로 열심히 검색했다. 내가 원하는 직업을 가지면 더 행복할 것 같아서 몇 년 독하게 공부해보자고 마음먹었다가 금세 제풀에 지치기도 했다. 왜 지금 여기서 행복을 누리지 못하고 지금 이 시간을 담보 삼아 미래를 위해 살았을까. 내가 원하는 그것을 미래에 이루었을 땐 지금보다 두 배쯤 행복해질 수 있을까….

오늘 아침엔 한 신문 기사를 읽고 가슴이 먹먹해졌다. 세 아이의 엄마이자 중앙부처 공무원인 워킹맘이 일요일 아침 출근했다가 그만 심장마비로 아무도 없는 비상계단에서 숨을 거뒀다는 기사였다. 그녀는 육아휴직을 마치고 일주일 전에 복직했다. 토요일, 일요일 오후만이라도 세 아이와 시간을 보내기 위해 평일에는 새벽 5시 출근도 불사했다고 한다.

누가 그녀를 탓할 수 있을까. 일에 대한 열정과 책임감 때문에 야근도 마다하지 않았고, 어떻게든 조직에 누를 끼치고 싶지 않아 미처 끝내지 못한 업무는 새벽같이 출근해서 마무리했다. 퇴근해서도 쉬지 못했으리라는 점은 자명하다. 엄마가 고픈 세 아이의 뒤치다꺼리와 밀린 집안일을 하느라 자신의 몸은 돌보지 못했을 것이다. 세 아이와 더 행복해지기 위해 더 열심히 일했을 뿐이다. 젊었을 때 조금 더 참고 벌면, 아이들이 조금 더 클 때까지 힘든 순간을 버티면 미래에는 돈도 시간도 여유가 생길 것이라 생각하며 자신을 더 채찍질했을 것이다. 왜 이런 결과가 되었을까. 지금보다 더 행복해지기 위해 열심히 살았던 그녀의 마음이 공감되어 가슴이 아팠다.

작가이자 카피라이터인 박웅현은 자신의 책에서 '개같이 살자'라고 적었다. 개는 자신의 과거를 후회하지도, 미래의 두려움을 걱정하지도 않는다. 지금 이 순간에 집중하고 최선을 다해서 산다. 오롯이 오늘 하루 먹을 것을 찾아 땅에 코를 박고 킁킁거리는 개처럼 치열하게 살고 싶다. 오늘 하루는 개처럼, 긴 인생은 왕처럼 살고 싶다.

행복을 찾아 먼 여행을 떠났던 〈파랑새〉의 틸틸과 미틸처럼 우리는 매일 행복 찾기 여행을 떠나고 있는지도 모르겠다. 지금 여기에 존재하는 파랑새를 보지 못하고 말이다. 월급을 한 푼 더 올려 받으려고 동종 업계를 기웃거리며 이 회사 저 회사 전전하는 대신 이 회사의 주인처럼 일해보기, 옆 동료가 너무 힘들어 보일 땐 도울 일이 있는지 물어보기, 지금 내 눈앞에 있는 사람을 두고 스마트폰 만지작거리지 않기, 밥 먹을 땐 제대로 음식의 맛을 음미하며 천천히 씹기, 지인들의 기념일은 소소하게 챙겨주기 등 지금 내 옆에 있는 사람들과, 내가 하고 있는 그 일에 집중하면 행복이 보인다.

매일 아침 출근하면 기도로 하루를 시작하는 우리 부서의 이사님처럼, 나는 매일 아침 출근하자마자 "카르페디엠!"이라고 인사하고 싶다. 영화 〈죽은 시인의 사회〉의 키팅 선생님처럼 말이다. 작은 메모지에 끄적여본다.

Seize the day! 꽉 잡자 오늘을! 놓치지 말자, 지금이라는 이 시간을!

메멘토 모리 Memento mori , 나의 유서

사랑하는 남편 은성 씨에게, 나의 보물 하은이에게

내 삶에서 가장 큰 의미가 무엇이냐고 묻는다면 단 1초의 고민도 않고 '가족'이라고 말할 수 있어. 그만큼 내게 가족이 주는 의미가 정말 큰 것 같아.

며칠 전 KBS-TV에서 3부작 다큐멘터리 '앎'이라는 프로그램을 보게 되었어. 예고 없이 암 환자 선고를 받은 엄마들이 자식들을 두고 자신의 죽음을 어떻게 준비하는지, 그리고 죽음 앞에서 정말 가치 있는 건 무엇인지 돌아보며 담담하게 인터뷰를 이어 갔어.

갑자기 말기 암 환자가 된, 그러니까 시한부 인생을 선고 받은 시점에서 엄마들이 가장 힘들어 하는 건 한 번도 느껴보지 못했던 강도의 육체적 고통이나 죽음에 대한 공포가 아닌, 아직 엄마가 절실히 필요한 어린 자식을 두고 가야 한다는 것. "저 아이가 사람 구실할 수 있는, 딱 그때까지만 살려주시면 정말 평생 봉사하며 갚아 가며 살겠다고 하느님께 매일 기도해요"라고 말하는 한 엄마의 절절함이 느껴져서 그 날 TV를 앞에 두고 눈물만 뚝뚝 흘렸어.

매년 회사에서 건강검진을 받게 해주고, 반년마다 유방 초음파 검사도 받고 있으니 당장 말기 암 환자가 되지는 않겠지. 하지만 당신도 하은이 일을 겪어서 알잖아. 인생에 당연한 건 없다는 걸. 우리 하은이가 그리 아플 줄 상상이나 했어! 당신이랑 나 닮아서 당연히 튼튼한 아이를 낳을 줄 알았지. 누구나 예상치도 못했던 불행을 겪을 수 있고, 그렇기에 그에 대한 준비도 누구나 필요하다는 걸 다시 한 번 생각하게 되네.

> 사람들은 대부분 '여행'이라는 단어를 '언젠가'로 연결시킨다. "언젠가는 훌쩍 떠날 거야"라는 말로 10년이 흐르고, 20년이 훌쩍 흐른다. 그리고 머리가 희끗희끗해져서야 비로소 깨닫는다. 여행을 떠나기에 적합한 시기가 따로 있는 게 아니라는 것을.　　　　　　　－ 위지안의 《오늘 내가 살아갈 이유》

물론 그런 상상은 하기도 싫지만, 만약 남겨진 시간이 많지 않다면 당신은 뭐가 제일 하고 싶어? 나는 '가족 여행'이라는 단어가 먼저 떠오르네.

작년 11월에 엄마 환갑이셔서 부모님 모시고 홋카이도北海道 다녀왔잖아. 정말 엄마 환갑이라도 되니까 가족들이 전부 모일 수 있었던 거지. 내가 대학 막 졸업하고 사회생활 시작했을 때 다 같이 제주도 갔던 이후로 처음이었던가. 그러니까 다 같이 여행 가기까지 십 년도 넘게 걸린 거야. 흩날리는 눈을 바라보며 하루에 두 번씩 몸을 담그던 노보리베츠의 온천도 좋았고, 우리를 반겨주듯 마침 그 날부터 시작된 삿포로의 루미나리에나 오타루의 운하 길도 운치 있고 좋았어. 하지만 여행이 좋은 건 꼭 어떤 사물을 보거나 새로운 경험을 해서가 아니라 여행을 준비하는 동안의 설렘, 같이 갔던 사람과 같은 추억거리를 공유하고 두고두고 나눌 수 있다는 점이 좋은 것 같아.

그래서 당신과 하은이랑도 여행을 많이 다니고 싶어. 사실 맞벌이하면서도 여행 경비에 지출할 돈이 따로 생기진 않잖아. 항상 '조금 더 여유 생기면 그 때'라고 생각해서 급하게 쓰일 지출항목 뒤로 여행은 밀리곤 하니까. 우리 이제 그러지 말자. 가고 싶은 곳이 있으면 같이 정해서 자주 다니자. 내가 항상 가고 싶어 했던 호주부터 당신이 가고 싶어 했던 핀란드까지. 내가 좋아하는 부산부터 당신이 좋아하는 제주도까지. 같이 이야기할 수 있고 떠올릴 수 있는 추억을 많이 만들어가자.

그리고 성질 좀 덜 내고 살고 싶다. 왜 당신한테는 내 온갖 감정을 쓰레기통처럼 다 부어버리는 걸까? 가족이라 편한 관계라는 핑계로 조금 덜 배려하고, 조금 덜 고맙다고 말해서 미안해. 어디를 건드리면 힘든지 잘 알면서도 자꾸 그곳을 건드려서 바닥을 보고야마는 못난 나라서 미안해. 호흡기 약한 하은이를 위해 자기 전에 항상 가습기를 틀어놓고, 아침 출근길에 보고 웃으라고 하은이 사진 한 장씩 보내주고, 산처럼 쌓여 있는 분리수거를 버려주는 사소하지만 중요한 배려들을 당연하게 생각한 걸 미안해.

'어째서 이제야 알게 된 것일까. 사소해 보이는 작은 행동 하나에도 커다란 마음이 담길 수 있다는 것을.'   – 위지안의 《오늘 내가 살아갈 이유》

요즘 위지안의 〈오늘 내가 살아갈 이유〉라는 책을 읽고 있거든. 블로그 이웃 중 한 분이 꼭 읽어보라고 추천해준 책인데, 가벼운 마음으로 폈지만 읽은 후 얻어지는 감동은 묵직하네. 유학을 다녀와서 박사 학위를 따고 서른 살의 젊은 나이에 세계 100대 명문대의 교수로 부임하여 '성공'으로 가는 티켓을 막 손에 쥔 그녀는 갑자기 암 말기 선고를 받게 돼. 뼛속까지 전이된 암으로 인해 끔찍한 고통까지 더해져서 말야. 하지만 그녀는 절망만 하고 있지 않았고, 남아 있는 시간들을 의미 있게 보내기 위해 글을 쓰기 시작해. 삶의 시간이 얼마 남지 않은 그녀의 진솔한 글은 여러 사람에게 큰 울림을 줬어. 또 그녀가 자신의 성공에만 집중하여 달렸을 때는 느끼지 못했던 삶의 만족감과 행복을 다른 사람에게 베풂을 줄 때 느꼈다는 글에서 많은 공감을 했어. 베풂, 나눔, 이런 말을 하자니 전혀 실천하지 못하고 있어서 부끄럽지만, 궁극적으로 나도 내 이웃에게 도움이 되는 삶을 살고 싶어. 아직 너무 막연하지만 말이야.

아, 그리고 재혼은 허락할게. 당신한테 홀아비 냄새 나는 것 싫고, 하은이에게 할머니로는 채워지지 않는 엄마의 빈자리를 누군가는 채워줬으면 좋겠으니까. 대신 애정 주머니가 큰 우리 하은이 마음을 세심하게 채워줄 수 있는 엄마여야 해.

십 년을 같이 살았지만 항상 한결 같은 당신, 고마워. 양은냄비처럼 빨리 끓었다가 식기도 빠른 내 열정을 묵묵히 응원해주고 지켜봐줘서 고마워.

그리고 내 딸 하은아, 엄마는 하은이의 이름만 불러도 목이 메는 것 같아. 살면서 가장 잘한 것이 널 낳은 것이고, 살면서 가장 행복한 일도 널 만난 거야.

하은아, 사람들 시선 의식하지 말고 네가 하고 싶은 일을 자유롭게 할 수 있으면 좋겠어. 사실 엄마는 그 시선에서 자유롭지 못했기에 너에게 이런 이야기를 하는 건지도 몰라. 그리고 아직 근력이 약하니까 운동은 꾸준히 꼭 했으면 좋겠다. 지금처럼 책도 잘 보고, 잘 놀고, 잘 웃는 하은이로 자라준다면 엄마는 더 바랄 것이 없어.

사랑하고, 고맙고, 축복해.

— 아직 부족한 아내이자 엄마인 혜진으로부터

내게 유서에 대해 생각하게 해준 TV 다큐멘터리 '앎'의 3부작 중 마지막 편은 '에디냐와 함께 한 4년' 편이었다. 에디냐 수녀는 우리나라 최초의 호스피스 병원인 갈바리 의원의 원장수녀이자 평생을 환자들의 마지막 가는 길을 지켜주던 수도자였다. 죽음과 삶에 대한 그녀의 이야기 또한 깊은 울림을 준다.

"아침노을도 있지만 저녁노을도 굉장히 아름답게 물들이잖아요, 세상을. 그것처럼 한 삶의 끝나는 과정인데 죽음이…. 언젠가는 우리가 갈 곳을 생각한다면 죽음을 멀리하고 두려워해야 될까, 이런 생각이 듭니다. 자연스러운 건데…."

메멘토 모리Memento mori는 '죽음을 기억하라'는 의미의 라틴어다. 위키 백과에서 어원을 찾아보니 옛날 로마에서는 원정에서 승리를 거둔 개선장군이 시가행진을 할 때 노예를 시켜 행렬 뒤에서 "메멘토 모리" 즉, '죽음을 기억하라'라고 큰소리로 외치게 했다고 한다. 이유는 '전쟁에서 승리했다고 너무 우쭐대지 말라. 오늘은 개선장군이지만 너도 언젠가는 죽는다. 그러니 겸손하게 행동하라'라는 의미에서 생겨난 풍습이라는 것이다.

탄생이 있으면 반드시 죽음도 있다. 부름의 시기는 아무도 모른다. 전쟁에서 승리한 기쁨을 만끽하고 싶은 분위기를 자제하고 겸손하라 외치는 원정대의 모습에서 숙연함이 느껴진다. '삶과 죽음 앞에서는 단 한 자도 늘리거나 줄일 수 없는 주제에 겸손하라. 너의 승리 뒤에는 값으로 매길 수 없는 전우의 희생과, 적군이라도 고귀한 생명이었던 이들의 죽음이 있었다'고 말하는 것 같다.

'오늘 내가 살아갈 이유'의 첫 페이지를 다시 펴고 적는다.

'오늘이 내 생의 마지막 날인 것처럼, 메멘토 모리.'

꽃 중년, 꽃 노년

몇 년 전, 1호선 지하철에서 좌석이 비어 있어 운 좋게 앉아서 책을 읽으며 가고 있었다. 책을 읽느라 앞 사람을 제대로 보지 않았는데 나이가 좀 있는 아저씨가 서 있었던 모양이다. "이 xx년, 왜 양보를 안 해. 이 망할… xxx가 없네" 하면서 입에 담지도 못할 육두문자 욕을 해대는 소리를 듣고서야 앞을 쳐다보았다. 노인이라기엔 아직 젊고, 중년이라기엔 좀 애매한 나이대의 아저씨가 서 있었다. 나는 당황스럽기도 하고, 화가 나기도 했지만 일단 그 분이 앉고 싶어 하는 것 같아 자리를 양보해 드렸다.

그런데 이 아저씨의 다음 말이 더 가관이다. 자리에 앉으면서도 "xx, 이제야 자리를 양보하고 지랄이야" 이러는 거다. 몸이 너무 힘들어서 앉고 싶은 상황이라면 "내가 너무 힘들어서 그러니 자리 좀 비켜 줄래?"라고 하시면 "싫어요. 절대 양보 못 합니다"라고 말할 사람이 있겠는가? 조금만 지혜를 발휘해서 부탁하면 될 걸, 왜 자기 마음에 들지 않는다고 육두문자를 남발해 상대를 불쾌하게 만드는 걸까? 한마디 쏘아 주려다가 큰 소란이 날 것 같아 꾹 참고 말았다.

우리 아파트의 경비아저씨도 아버지뻘 정도 되신다. 항상 밝은 얼굴로 "안녕하세요"라고 먼저 인사하시니, 쑥스러워서 좀처럼 싹싹하게 인사를 잘 못하는 나도 자연스럽게 웃으며 인사하게 된다. 가끔 남편 대신 재활용을 잔뜩 들고 분리수거장으로 내려가면 아저씨가 경비실에서 득달같이 뛰어 나오신다.

"어이구 아가씨, 날도 춥고 힘들 텐데, 내가 할게요. 아가씨는 볼 일 보러 가요."

게다가 십 년차 아줌마를 아가씨라고 불러주시는 기분 좋은 센스라니. 자연스럽게 눈가에 미소 주름이 잡히는 아저씨의 선한 얼굴을 보노라면 요즘 유행하는 단어인 '꽃 중년'을 떠올리게 된다.

'곱게 나이 먹어야지' 하는 말 속에는 나쁜 감정을 드러내지 않고 모나지 않은 행동으로 가족과 주위 사람들에게 폐를 끼치지 않겠다는 뜻이 담겨 있다. 곱게 나이 드는 것은 하루아침에 이뤄지지 않는다. 젊을 때부터 꾸준히 감정 관리를 해야 한다.'

— 이근후의 《나는 죽을 때까지 재미있게 살고 싶다》

신기하게도 중년을 지나 노년을 향해 가는 분들의 얼굴을 보면 지난 삶이 대충 그려진다. 이건 단순히 용모를 두고 하는 말이 아니다.

마흔 이후는 자신의 얼굴에 책임을 져야 한다고 한다. 옹졸하게 나만 생각하며 살아온 이는 얼굴에도 인색함이 드러난다. 그에 반해 삶에 대한 여유로움이 배어 나오는 얼굴도 있다. 오랜 시간 쌓아 올린 하루하루가 노년의 인상으로 굳어진다는 생각이 든다.

요즘 노인 인구가 급격히 증가하고 있다는 기사를 자주 접한다. 게다가 급격히 증가하고 있는 노인 중 상당수가 생계유지도 힘든 빈곤한 노인이라는 것이다. 행정자치부는 2016년 12월 기준으로 우리나라 주민등록 인구가 약 5100만 명이며, 노인(만 65세 이상) 인구가 700만 명에 육박했다고 발표했다. 어림잡아 계산해보면 7명에 한 명꼴로 노인인 것이다. 10년 후에는 노인 인구가 1천만 명을 넘길 것으로 예상되며, 2050년엔 노인 인구 비율 1위인 일본(40.1%)에 이어 35.9%로 세계 2위를 기록할 것이라 한다.

문제는 급증하는 노인 인구를 부양할 생산 인구가 계속 줄어들고 있다는 것이다. 노인을 부양할 수 있는 인구가 줄다보니 공적 연금을 포함한 노후 자금을 노인 스스로 준비할 수밖에 없다. 현실이 이러한데도 노인 인구의 태반은 노후 준비가 전무한 상태이고, 노인 빈곤율은 OECD 1위를 차지하고 있는 형국이다. 노후 대비가 부족하니 고령층일수록 행복지수도 크게 떨어진다. 실제로 60대 이상의 행복지수가 가장 낮고, 그 다음이 은퇴했거나 은퇴준비 중인 50대순으로 낮다는 것이다.

누인들의 기본적인 생계 여유도 없는 상태에서 인자한 성품까지 기대할 수는 없는 노릇인지도 모르겠다. 미국의 심리학자인 매슬로우Abraham H. Maslow의 인간 욕구 5단계 중 1단계는 생리적 욕구라고 한다. 생리적 욕구는 먹고 자고 입고 숨 쉬는, 그야말로 살기 위한 아주 기본적인 욕구다. 1단계 욕구도 채워지지 않은 상태에서 5단계인 자아실현의 욕구까지 요구할 수는 없는 노릇이다.

지하철에서 자리를 두고 양보하지 않겠다며 싸우고 있는 노인들을 보노라면 우리 할아버지, 할머니 세대의 인자함과 푸근함이 느껴지지 않는다. 생각해보면 그들 세대는 논과 밭이라는 젖줄이 있었다. 넉넉하지는 않더라도 자식들을 키우고 먹일 수 있는 식량을 거기서 얻을 수 있었다. 지금의 노인들 젖줄은 늙어가는 자신의 육체뿐이다. 그러니 어딘가에 소속되어 일하거나, 잘 듣지 않는 몸을 이끌고 일용직 소일거리라도 해야 겨우 입에 풀칠하며 살 수 있다.

얼마 전에 부서의 이사님이 올해 계약이 종료될 것 같다고 말씀하셨다. 정년퇴직 후 회사에서 1년간을 계약직으로 고문역을 준 것인데, 재연장되지 않고 올해 끝나게 될 것 같다는 말씀이었다. 조금 더 일하고 싶은 경제적 필요와 회사 창립 이래 가장 큰 규모의 계약을 안겨줬던 공헌도를 더 이상 인정해주지 않는 것 같은 서운함이 동시에 드셨을 것이다. 회사는 회사 나름대로 퇴직 후에도 1년간의 근무 기간을 추가로 줬으니 배려했다고 생각할 것이고, 계속해서 고용하는 것이 부담이 되었을 것이다. 고용주와 고용인 입장의 온도차는 언제나 크기에 안타까움이 더했다.

한편으로는 직장생활을 삼십 년 넘게 해오신 분에게 '직장'이 없어지면 얼마나 상실감이 클까라는 생각이 들었다. 가정보다 더 많은 시간을 보낸 곳. 젊은 열정과 시간을 다 바친 곳. 그 대가를 대리, 과장, 부장, 이사에 이르는 직함으로 얻었는데 그 직함들이 없는 곳에서의 삶이란 어떤 걸까?

집에서 삼시 세끼를 다 챙겨 드셔서 이른바 '삼식이' 취급을 받는다는, 몇 년 전 경찰공무원에서 퇴직하신 친구 아버지가 떠오른다. 경찰이라는 업종 특성상 평소 집에 있을 시간이 거의 없었다고 하는데, 퇴직 후엔 하루 종일 살림 참견을 해대니 친구 엄마는 거의 미칠 노릇이라고 하셨다. '젊어서는 마누라 옆에 있어주지도 못했으니 이제라도 집안 소일이라도 좀 도울까' 싶은 친구 아버지와 '젊고 탱탱할 땐 코빼기도 안 보이더니 다 늙어 잔소리 한다'며 하소연하는 친구 어머니. 집안에서도 은퇴한 남자와 그 남자를 맞는 여자 입장의 온도차가 존재한다.

정신과전문의이자 베스트셀러 작가이기도 한 이근후 박사는 네 명의 자식들과 한 지붕 아래에서 같이 산다고 한다. 삼대 열세 명의 대가족이다. 나이 든 자식들과 함께 사는 것이 서로 쉽지 않은 일인 줄 알지만, 자식들의 육아 문제와 나이 든 부모를 같이 돌보자는 현실적인 생각에서 출발했다는 것이다. 각자 거주공간과 출입문도 취향대로 정하게 하고, 바로 몇 계단만 올라가면 자식의 집이지만 방문 전에는 반드시 전화하여 허락을 구하는 등 철저하게 개인생활을 보장하도록 했다는 점이 인상적이다. 이미 장성하여 다양한 분야의 전문직으로 활약하는 자식들로부터 얻는 간접 경험과 가족 간의 활발한 소통을 선물로 얻어 무척 만족스럽다고. 십 년째 대가족을 이루고 살아가는 중이라는 그의 경험담은 노년을 준비하는 하나의 방법이겠다는 생각이 든다.

나는 아직 노년을 떠올리기엔 젊은 편이지만 어떤 노년을 맞이하고 싶은지는 가끔 생각한다. 경제적 여유가 있어 자식에게 의존하지 않았으면 좋겠다. 직장생활을 앞으로 얼마나 할 수 있을지 모르겠지만 인생 후반전에 제2의 직업으로 삼을 수 있는 일도 찾고 싶다. 남편과 공통의 취미거리를 더 만들고 싶다. 딸 하은이가 너무 멀지 않은 곳에 살아서 최소한 한 달에 한두 번은 정기적으로 만나고 맛있는 것을 해 먹이고 싶다. 그리고 재능 기부를 통해 이웃에게 봉사할 수 있는 일을 하고 싶다.

동네 아이들까지 밥을 먹었는지 물어가며 제 자식처럼 챙겨주시던 할아버지, 할머니의 넉넉함을 배우고 싶다. 외갓집에 가면 '우리 강아지 왔느냐' 하시던 외할머니의 인자한 미소를 닮고 싶다. 무뚝뚝해 보이지만 장손이라고 맛있는 반찬을 먼저 챙겨주시던 친할머니의 속정을 기억하고 싶다. 나는 그런 할머니가 되고 싶다.

오늘도 지하철 노약자석에는 많은 노인들로 빈자리가 없다. 인생의 고단함이 느껴지는 그 얼굴들을 보고 있노라면 꽃 중년, 꽃 노년이라는 유행어는 다른 나라의 말인 것만 같다.

꽃 노년, 꽃 중년이란 외모를 잘 가꿔 나이보다 훨씬 젊어 보인다는 말이 아니라 나이에 걸맞는 인품과 여유로움이 느껴진다는 의미의 말이어야 하지 않을까. 노인의 가장 큰 미덕은 긴 인생에 걸친 경험과 산지식일 것이다. 삶이 녹아 들어간 귀한 지혜를 우리 젊은이들에게도 전수해 주셨으면 좋겠다.

감사의 힘

　　'감사'라는 단어의 한자어는 '느낄 감感 사례할 사謝'로 이루어져 있다. 고마움에 무언가를 드리고 싶은 마음이라 할 수 있다. 감사에 관한 주제의 책을 일부러 찾아 읽게 된 데는 오프라 윈프리의 〈내가 확실히 아는 것들〉이란 책의 영향이 크다. 그녀는 10년 넘게 감사 일기를 써오고 있으며, 감사의 효과와 기적을 계속하여 체험해왔다고 한다. 또한 감사 일기를 통해 인생에서 소중한 것이 무엇인지, 삶의 초점을 어디에 맞춰야 하는지 알게 되었다는 것이다.

　　나 역시 1년 가까이 감사 일기를 써오고 있다. 아침에 일어나자마자 2줄 정도의 감사 일기를 쓰는 것이 어느 정도 습관이 되었다. 그 전날 있었던 일을 떠올리며 한 줄을 적고, 딸 하은이가 했던 예쁜 말을 떠올리며 한 줄을 적는다. 지난 해 12월 10일에 기록했던 감사 일기를 보니 '새로운 다이어리가 무척 예쁘고 유용하다. 새로 시작될 한 해를 생각하니 감사하다' '남편에게도 다이어리를 선물할 수 있어 감사하다' '엄마의 생신을 맞아서 감사하다. 엄마가 있으니 나도 있을 수 있었다'라고 적혀 있다.

무엇보다 하루의 처음을 감사 일기로 시작하니 긍정적인 마음이 생긴다. 감사 일기에는 객관적으로 봤을 때 그다지 감사할 일이 아닌 것들도 적혀 있다. 예를 들어, 작년 겨울에 하은이의 감기가 좀처럼 낫지 않더니 결국 폐렴으로 진행된 적이 있었다. 12월 14일에 '하은이가 어젯밤에 응급실에서 병실로 옮겨졌다. 병실 자리가 나지 않아 한참을 기다렸는데, 자리가 나서 정말 감사하다. 조금이라도 눈을 붙일 수 있어 감사하다'라고 적었고, 17일에 '하은이가 완전히 나아서 퇴원할 거란 생각에 감사하다' '어디서 범인이라는 말을 배웠는지 모르지만 토끼가 범인이라고 외치는 하은이가 무척 귀엽다. 병원에서 하은이에게 집중하는 시간도 감사하다'라고 적었다. 그 다음주 19일에 퇴원했는지 '하은이가 퇴원해서 감사하다. 일상의 행복에 얼마나 감사한지!'라고 적었다. 오늘 먹은 점심 메뉴도 잘 기억나지 않는데, 기록이 없다면 몇 달이나 지난 일들은 까마득히 잊혀졌을 것이다. 감사 일기의 기록을 통해 그 때 무사히 치료를 잘 받고 퇴원할 수 있었음에 다시 한 번 감사하게 된다.

감사 일기를 통해 마음이 평안해진 나는 조금 범위를 넓혀 감사 편지도 써보기로 했다. 얼마 전에 읽은 〈땡큐 레터〉라는 책이 무척 인상적이었기 때문이다. 당장 육아휴직 비용이 끊기는 것을 걱정하고 절망과 우울함에 빠져 있던 저자가 살아야겠다는 절박함으로 15개월 만에 365통의 감사 편지를 쓰게 되었다는 내용이다. 처음에는 철저하게 자신이 행복해지기 위해 시작한 감사 편지였지만 기대 이상으로 편지를 받은 상대방이 감동했고, 그 감동이 고스란히 자신에게 돌아오는 경험을 반복하면서 그녀는 감사 편지 쓰기의 전도사가 되었다.

사람에게는 거울세포라는 것이 있다고 한다. 상대방이 하는 행동을 보는 것만으로도 우리 뇌에서 같은 부분이 활성화되는 원리다. 상대의 동작을 보고 있는 것뿐인데도 거울처럼 나의 뇌가 반응하는 것이다. 쉽게 설명하면 상대방이 종이에 손가락을 베는 모습을 보면 "으!" 하면서 똑같이 인상을 찡그리게 되는 것이다. 이것은 긍정적인 상황에서도 마찬가지로 작용한다. 나는 대부분 직접 얼굴을 보고 편지를 전했는데, 그러면 상대방이 좋아하는 모습에 같이 웃음 짓게 된다. 또 그 표정이 뇌리에 남아 나중에 혼자 있을 때도 웃음 짓게 되는 경우가 많다. 그렇게 감사 편지를 쓰고 전하는 것은 그 순간뿐 아니라 오래도록 여운이 남아서 내가 긍정적인 기분을 유지하는데 엄청난 도움을 준다. — 신유경의 《땡큐 레터》

나는 우선 남편에게 처음으로 감사 쪽지를 써봤다. 그 때 나는 자격증 시험공부를 한다고 주말 아침 일찍 도서관이나 커피숍으로 가버리곤 했다. 남편도 늦잠 좀 잘 수 있는 날이 주말뿐인데, 내가 아침 일찍 나가버리면 늦잠은 포기하고 아이 기상시간에 맞추어 독박육아를 해야 하니 미안한 마음이 들었던 것이다.

'모처럼 주말인데 아침 일찍 나가서 미안해. 그리고 항상 하은이 잘 봐줘서 정말 고마워.'

짧은 내용이었지만 고마운 마음을 담은 감사 쪽지를 남편이 일어나자마자 들어가는 화장실문에 붙여 두었다. 커피숍에서 공부하고 있는데 카톡이 왔다.

'쪽지 봤어. 그렇게 생각해주니 나도 정말 고마워^^'

그 후로도 감사 쪽지를 써서 남편의 외투 주머니나 가방에 넣기도 했다. 정말 별 것 아닌 작은 쪽지에 남편이 보여주는 반응은 기대 이상이었다.

사소한 예지만 내가 감사의 힘을 매번 느끼는 때가 있다. 일주일에 한 번 또는 두 번 정도 퇴근 후 헬스장에 다녀오는데, 운동을 하고 집에 오는 거리가 조금 애매해서 버스를 타고 온다. 헬스장에서 집으로 가는 버스가 딱 한 대뿐이라, 버스를 타면 5분인 거리를 그 버스 기다리는 데만 20분이 걸려 분통이 터지곤 했다. 하지만 이 상황에도 한 번 감사해 보기로 했다. '버스가 아예 운행이 되지 않는 것도 아니고, 어쨌든 탈 수 있어서 감사하다'고 했더니 정말 신기하게도 그 후론 5분 이상 버스를 기다려본 적이 없다. 대부분 '잠시 후 도착' 상태이거나 늦어도 '4분' 정도였다. 아주 작은 사건이지만 그 버스를 탈 때마다 다시 한 번 감사하게 된다.

사실 나는 감사 인사를 나누는데 인색한 편이었다. 성격이 사교적이지 못해서 워낙 겉치레 인사에 익숙하지 않거니와 감사는 종교적인 의식으로 교회에서나 하는 거라고 생각했던 탓이었다. 하지만 감사는 거창한 것이 아니었다. 내 주변에 전달하는 아주 작은 나의 마음일 뿐이었다.

감사 일기를 쓰면 우선 내면이 긍정적으로 바뀐다. 화가 나는 일도 글로 적어서 읽어보면 신기하게도 점차 분노가 가라앉는 것을 경험한다. 그 문장 말미에 '그럼에도 불구하고 이 일로 인하여 감사하다'고 적으면 그 일로 인해 내가 성장하는 계기가 된다. 원하지 않던 일도 여유를 가지고 바라볼 수 있게 된다.

〈땡큐 파워〉라는 책의 저자이자 땡큐테이너로 불리는 민진홍은 '감사는 한순간에 얻어지는 생존 방식이 아닌 꾸준한 반복에서 비롯되는 생활 패턴이다'라고 말한다. 한마디로 감사란 습관화되기까지 배워야 할 학습이라는 것이다.

감사하기는 좋은 음식 먹기, 책 읽기, 운동하기만큼이나 평생을 두고 지켜야 할 좋은 습관이라는 생각을 한 후 가족들에게도 고맙다는 말을 자주 하게 되었다. 아침마다 남편에게 카톡으로 '예쁜 하은이 사진 아침마다 보내줘서 고마워. 볼 때마다 호랑이 힘이 난다'라거나 '어제 음식물 쓰레기가 산처럼 쌓였는데 버려줘서 고마워. 내가 세상에서 제일 싫어하는 일인데 당신이 해주니 정말 좋다' 같은 아주 사소한 말들이다.

올해 아빠 생신 때 '생신 축하드리고 항상 감사합니다'라고 적은 작은 카드를 드렸다. 아빠는 오랫동안 카드를 들여다보셨다. 초등학교 때 이후로 처음 드린 카드라 쑥스러웠지만 '감사하다'는 말씀을 꼭 드리고 싶었다.

상대방에게 부탁할 일이 있을 땐 메일을 보내기 전에 감사한 마음을 한 번 더 담아 '보내기'를 누른다. 과학적으로 증명하라면 방법이 없지만 이렇게 감사한 마음을 담아 부탁하는 메일은 어쩐지 성공 확률도 더 높아지는 것 같다.

감사는 내가 딸 하은이에게 남기고 싶은 유산이기도 하다. 밤에 자기 전마다 아이를 꼭 끌어안고 "사랑해, 고마워, 축복해"라고 속삭인다. 아이에게 꾸준히 사랑의 말을 해주는 것이 좋다고 생각했기 때문이다. 아이가 말을 할 수 있게 되면서부터는 아이로부터 "고마워, 엄마" "사랑해, 엄마"라는 축복의 말이 자연스럽게 돌아온다. 좋은 말을 억지로 배우게 하려고 애쓸 필요도 없이 부모가 아이에게 해주는 말 그대로 아이는 따라한다는 걸 또 한 번 배웠다.

누구에게나 감사할 수 있는 조건이 있다. 또 누가 봐도 감사할 조건이 아닌 데도 불구하고 감사하는 사람도 있다. 감사를 통해 내가 성장하고, 다른 사람에게 기쁨을 주는 것을 경험한 사람은 그 감사함을 놓치지 않는다.

오늘도 출근길 전철에서 한강을 바라볼 수 있어 감사하다. 1분도 채 되지 않는 시간이지만 흐르는 강물을 보노라면 가슴이 펑 뚫리는 것 같다. 오늘도 출근할 수 있는 회사가 있어 감사하고, 만날 수 있는 동료들이 있어 감사하다. 감사의 커피를 한 잔 진하게 마시고, 오늘도 파이팅!

○
〈도깨비〉가 끝났다

TV 드라마 〈도깨비〉가 끝났다. 아이 때문에 좀처럼 TV를 켜지 않는데 우연히 첫 회를 보게 되어 끝까지 정주행하고야 말았다. 〈태양의 후예〉 이후 전 국민이 송중기앓이로 들끓을 때도 드라마에 전혀 관심이 없었는데, 왜 〈도깨비〉는 이렇게 신열이 들뜨는 것처럼 후유증이 남을까. 종영된 뒤에도 가슴을 울렸던 대사가 계속 떠올라 며칠 밤을 제대로 못 잤다. 학교 다닐 때 선생님이 시를 외워 오라는 숙제를 내줄 때마다 좌절하며 머리를 쥐어박았는데 〈도깨비〉의 대사는 잘도 외워진다.

"신은 그저 질문하는 자일 뿐. 운명은 내가 던지는 질문이다. 답은 그대들이 찾아라."

"날이 좋아서, 날이 좋지 않아서, 날이 적당해서…. 모든 날이 좋았다."

"누구의 인생에나 한 번쯤은 신이 머물던 순간이 있다."

일본의 아줌마들이 〈겨울 연가〉의 욘사마에 열광할 때 좀 한심하다고 생각했는데, 남의 이야기가 아니었다. 중년여성들은 무엇보다 드라마를 조심할지니, 꺼진 감성에 불이 다시 활활 타오르지만 눈 뜨면 현실과의 간극이 너무나도 크구나.

드라마에서 '도깨비'는 불멸의 존재다. 평범한 사람들을 도와주며 수호신이 되었지만 그 자신은 가슴에 꽂힌 검을 뽑아줄 도깨비 신부를 기다린다. 그 검을 뽑아야만 불멸의 존재에서 벗어날 수 있기 때문이다. 결국 그 검을 뽑아줄 신부를 만났지만 아이러니하게도 그 신부와의 사랑은 도깨비를 더 살고 싶게 만든다. 죽기만을 기다렸는데 이젠 누군가와 살기를 바라다니….

〈도깨비〉를 보면서 사노 요코의 〈백만 번 산 고양이〉라는 동화가 생각났다. 백만 번이나 죽고, 백만 번이나 살았던 고양이. 백만 명의 사람들이 그 고양이를 귀여워했고, 백만 명의 사람들이 그 고양이가 죽었을 때 울었지만, 고양이는 단 한 번도 울지 않았다. 그런데 단 하나의 존재, 그 고양이를 본 척도 하지 않는 하얗고 예쁜 고양이가 있었다. 백만 번을 죽어 봤다고 말해도 "그러니"라고 대꾸할 뿐이다. 다시 "난, 백만 번이나" 했다가 "네 곁에 있어도 괜찮겠니?"라고 묻는다. 그리고 하얀 고양이와 함께 귀여운 새끼고양이를 많이 낳고 살았다. 고양이는 그 이후로 단 한 번도 "난, 백만 번이나"라고 말하지 않게 되었다.

하얀 고양이는 조금씩 늙어 숨을 거두었고, 고양이는 처음으로 울

일상이 독서다

었다. 아침이 되고, 밤이 되도록 백만 번이나 울었던 고양이는 하얀 고양이 곁에서 조용히 움직임을 멈추었다. 그리고 두 번 다시 살아나지 않았다.

고양이는 백만 번을 죽고, 백만 번을 다시 살아도 삶에 아무 의미가 없었다. 백만 명의 다양한 사람들을 만났지만 행복하지 않았다. 하지만 하얀 고양이를 만나 남편 고양이가 되었고, 아빠 고양이가 되었을 때 그 삶은 고양이에게 행복을 줬다. 아이러니하게도 계속 같이 살고 싶다는 갈망이 고양이의 불멸의 삶을 끝나게 해줬다.

불멸의 삶을 이야기하자면 중국의 진시황제를 빼놓을 수 없을 것이다. 자신의 영생을 위해 평생 불로초를 찾아 헤매었고, 인부 70만 명을 동원하여 만든 병마용이 사후에도 자신의 무덤을 지키도록 했다. 진시황제는 자신의 삶이 유한하다는 것을 알기에 그렇게 불멸의 삶을 갈망했을 것이다. 도깨비처럼, 백만 번 산 고양이처럼 영원히 사는 존재였다면 그렇게 간절하지 않았을 것이다.

콜린 톰슨의 〈영원히 사는 법〉이라는 그림책에 나오는 '영원한 아이'는 이런 말을 한다. 내가 할 수 있는 일은 시간에 갇혀 영원한 내일을 맞는 일밖에 없다고. "영원히 산다는 건 살아있는 게 아니야"라고 말이다.

끝이 있다는 건 언제나 아쉽다. 지금 마시고 있는 커피도 바닥이 보이기 시작하면 아까워서 조금 천천히 마신다. 아이가 예쁜 말을 쏟아내는 이 시기도 금방 지나가고 방문을 걸어 잠그고 말도 하지 않으려는 사춘기가 올 것이다. 젊음도 가버리고 늘어가는 흰머리와 주름을 자연스럽게 받아들여야 할 때가 올 것이다. 그 유한함 앞에서 후회가 남지 않도록 현재에 더 집중하는 것 외에 선택지가 없다.

친정엄마는 입버릇처럼 딱 여든까지만 살고 싶다고 하신다. 왜 하필 여든인지는 물어보지 않았지만, 여든까지 남아 있는 약 이십여 년의 시간이 적당하다고 생각해서일 것이다. 지금처럼 크게 아프지 않고 건강하게 지낼 수 있을 거라 생각할 수 있는 나이. 그러나 그 이상이 되면 내 마음 같지 않은 몸 때문에 불행해질 수도 있다는 생각이 드는 나이. 어쩌면 당신의 인생에 이십여 년이라는 유한한 시간을 두고 가족과 좀 더 행복하게 지내겠다는 결연한 다짐일 수도 있겠다는 생각도 든다.

도깨비는 여주인공이자 도깨비 신부인 은탁이가 환생하기까지 삼십 년을 기다려 재회한다. 사람이 환생하여 네 번의 인생을 살 수 있다는 설정이니 앞으로 세 번의 생을 함께 할 것이다. 세 번이라는 유한성이 있기에 두 사람의 사랑은 더 애틋하게 빛날 것이다.

나의 상상이지만 은탁이가 마지막 네 번째 생까지 마감하면 그 땐 도깨비도 '백만 번 산 고양이'처럼 영원히 눈을 감을 것 같다. 그렇게 해피엔딩으로 끝나는 걸 보고 싶다. 은탁이와 함께 했던 추억들을 전부 가슴에 담은 채 과거라는 감옥에 갇혀 영원히 살게 된다면 이보다 더한 저주가 어디 있을까. 도깨비의 불멸의 삶이 은탁이와 함께 마감했으면 좋겠다고 혼자만의 해피엔딩을 만들어본다.

만약 신이 내게 이곳에서의 영원한 삶을 원하느냐고 묻는다면 정중하게 거절하고 싶다. 시간이 유한하다는 걸 알기에 이 순간의 소중함과 간절함을 느끼며 살고 싶으니 말이다. 영원히 살아가는 것이 축복이 아니라는 걸 드라마 〈도깨비〉를 보며 다시 한 번 생각한다.

〈백만 번 산 고양이〉의 작가인 사노 요코. 자신이 암에 걸렸다는 사실을 알고 보인 반응은 "아 그래요?"였다. 그녀는 항암치료를 포함해서 삶을 연장시키기 위한 모든 치료를 받지 않기로 결정한다. 그리고 돌아오는 길에 고급 승용차인 재규어를 산다. 죽음 앞에서 의연하고 엉뚱하기까지 한 모습이지만 그녀는 삶을 늘리는 데 연연하지 않고 주어진 삶을 담담하게 살기로 결정한다. 어쩌면 그런 그녀의 인생관을 그대로 반영한 작품이 〈백만 번 산 고양이〉라는 생각이 든다.

> 불행은 대개 행복보다 오래 계속된다는 점에서 고통스러울 뿐이다. 행복도 불행만큼 오래 계속된다면 그것 역시 고통이 아닐 수 없을 것이다.
>
> — 신영복의 《감옥으로부터의 사색》

유한하다는 것은 그래서 역설적이지만 행복이구나 싶어 이 문장을 한참 들여다봤다. 이제 뭘 보고 읽어도 〈도깨비〉랑 연관이 되는구나 싶어 혼자 웃는다. 이제 그만 〈도깨비〉에서 헤어 나와야 할 것 같다.

본방 사수에 재방 보기도 모자라 유튜브까지 동원해서 구간 반복으로 〈도깨비〉를 보고 있는 나를 보며 다섯 살 딸아이가 소리친다.

"엄마, 정신 차려! 이제 나랑 놀자!"

이 순간이 그렇게 소중하다고 했으면서 제일 소중한 아이와의 순간을 잊고 있었네. 〈도깨비〉 돌려보기는 이제 그만. 이제 두 달간 내 마음을 쥐고 흔들었던 도깨비의 망상은 과거로 하고, 현재에 충실해야겠다.

〈도깨비〉야 고맙다. 덕분에 눈도 즐거웠지만 마음은 더 풍요로워진 것 같다. 지금에만 존재하는 이 시간, 이 순간에 더욱 감사할 수 있게 되어서.

때로는 츤데레(겉으론 쌀쌀맞고 차가운 듯 행동하지만 은근히 챙겨주는 캐릭터를 가진 사람을 뜻하는 일본어), 때로는 키다리 아저씨였다가 장난꾸러기 남동생 같은 핸섬한 도깨비라면 나도 한 번쯤은 만나고 싶다. 내게 네 번 생이 주어질 것 같진 않으니 가능하면 이번 생에서 한 번 만나주면 안 되겠니?

제 2 장
생각 좀 하고 삽시다

○ 공부한다는 것

나는 어렸을 때부터 유난히 숫자에 약했다. 수포자(수학을 포기한 사람)가 되기도 전에 이미 초등학교 때 산포자(산수를 포기한 사람)였으니까. 대체 삼각형 한 변의 길이를 뭣 하러 구하는 것이며, 육각형 면적은 구해서 또 어디에 써먹을 것인가.

그런데 이런 산포자에게도 볕이 드는 순간이 있었다. 초등학교 4학년 때 무슨 일이었는지 교내 산수경시대회에서 딱 2문제를 틀린 것이다! 산포자에게 있어 기적 같은 사건이었다. 선생님이 나눠주신 2문제가 틀린 92점짜리 시험지를 자랑스럽게 바라봤다. 혹시 잘못 채점된 부분이 없는지 다시 한 번 선생님이 답을 불러주시는데 아, 한 문제가 잘못 채점되어 있었다. 그러니까 정확하게는 3문제를 틀린 것이고, 88점이었다. 88점이면 경시대회에서 상을 받을 수 없었다.

그 때 열한 살짜리는 엄청나게 고민했다. 그동안 잘 못했던 산수에서 꼭 상을 타서 부모님을 기쁘게 해드리고 싶었다. 하지만 그건 거짓말을 하는 것이었다. 실제로는 3문제를 틀린 것이니까. 결국 나는 찔리는 양심 한 구석을 모르는 척 접어버렸다. 거짓말을 하고 상을 받았다. 하지만 내 짝꿍은 채점이 잘못되었다는 걸 알았고, 그 짝꿍으로부터 어마어마한 눈총을 받아야 했다. 벌써 이십 년도 더 지난 사건인데 지금도 생생히 떠오른다. 이 사건으로 인해 수학에 대한 자신감이 더 떨어졌으니까.

반면 영어는 참 좋아했다. 중학교 1학년 때 처음 배운 꼬부랑 글씨가 무척 낯설면서도 재미있었다. 당시 유행하던 팝송들은 또 얼마나 감미롭고 좋았던지. 영어 가사가 적힌 팝송 악보집과 영한사전을 앞에 두고 심오한 얼굴로 엉터리 번역을 하는 것이 큰 즐거움이었다. 그 때 열심히 들었던 휘트니 휴스턴의 〈I'll always love you〉, 에릭 클랩튼의 〈Tears in heaven〉은 지금 들어도 참 좋다. 당시 네 살이었던 프랑스 아기 조르디가 〈아기 짓도 못해먹겠군Dur dur d'être bébé〉이라는 노래로 대단한 인기를 모았었다. 몇 해 전에 훈남 청년으로 폭풍 성장한 조르디의 사진을 보고 한참 추억에 젖었다. 외국어를 처음 접하고 그 신기한 언어의 세계에 푹 빠져 있었던 열네 살 소녀의 추억이 같이 떠오르는 것 같아서 말이다.

생각해보면 공부를 특출나게 잘해서 부모님의 어깨가 으쓱거렸던 적도 없다. 공부는 언제나 힘들었고 쉽지 않았다. 그런데 공부에도 총량불변의 법칙이 있다던가. 서른이 한참 넘어서야 책 읽는데 재미가 들리더니 슬슬 공부법이나 독서법에 관해서도 관심이 간다. 그런데 이 나이에 공부를 한다고 하면 다들 '스펙 관리' 하냐고 묻는다. 취업한 후에도 계속해서 공부를 하는 샐러던트라는 말이 낯설지 않다. 내 주변만 봐도 아침저녁으로 어학학원을 다니고, 은퇴 후의 삶을 준비한다고 공인중개사 시험을 공부하는 사람이 여럿 있다. 어느 지인은 서른이 넘어 한의사가 되겠다고 잘 다니던 직장을 그만두고 수능시험 준비를 시작했다. 기본적으로 우리가 해온 공부란 이처럼 어떤 시험의 합격을 목표로 하는 것이고, 어떤 직업을 가지기 위해 준비하는 과정이었다.

나 또한 직장인이 되고 나서 한동안 영어학원을 열심히 다녔다. 딱히 영어가 절실히 필요했던 것도 아니었지만 어쨌든 해두면 좋을 것 같았다. 한동안은 직무 관련 자격증 시험을 준비하기도 했다. 취업후 막 사회인이 되어서는 자기계발서를 탐닉하듯 읽었다. 직장인이되면 드라마에서처럼 멋진 커리어 우먼이 되고 남자 친구는 덤으로 따라오는 줄 알았는데, 현실은 그렇지 않았다. 그 결핍감을 어떤 것으로라도 채워보려고 공부하는 척을 했지만, 그런 공부들은 금세 질려버렸다. 평생 학원을 다니고 시험 준비를 할 수는 없지 않은가.

누군가에게 보여주기 위한 것이 아닌 나의 자존감을 세워주는 공부를 하고 싶었다. 그러다 사이토 다카시의 〈내가 공부하는 이유〉라는 책을 읽었다.

스스로 공부의 방향과 목표를 설정하는 것에서부터 진정한 공부는 시작된다. 누구의 강요에 의해서가 아닌 내가 진정으로 필요로 하는 공부 혹은 내가 인생을 사는데 든든한 이정표가 되어 줄 공부를 찾고, 유행이나 남들의 시선에 좌지우지되지 않는 나만의 목표를 세우는 것이 첫 출발점인 것이다. 그래야 외부의 상황에 휩쓸리지 않고, 한계에 부딪혀도 금세 포기하지 않을 수 있다.   – 사이토 다카시의 《내가 공부하는 이유》

공부의 쓸모와 방향에 대해 고민할 때는 고미숙의 〈공부의 달인 호모쿵푸스〉를 읽었다. "'공부엔 때가 있어'라는 거짓말은 단지 연령의 문제가 아니라, 공부를 학벌과 자격증 혹은 취미의 문제로 환원하는 것과 견고하게 유착되어 있다'는 저자의 견해에 격하게 공감했다. 그는 제일 효과적인 공부법으로 암송과 낭독을 꼽았다. '암기가 두뇌 플레이라면 암송은 신체 운동'이기에 '암기를 많이 하면 신체가 허약해지지만, 암송은 신체 전체의 기운을 활발하게 소통시킨다'고 말한다. 좋은 공부는 반드시 몸을 건강하게 해준다고 말이다.

사실 낭독과 암송은 오래 전부터 유대인들에게 내려오던 교육법의 핵심이다. 그들은 자녀가 말귀를 알아듣는 나이가 되면 유대교의 율법서인 토라Torah를 매일 암송하게 한다. 열세 살이 되면 성인식을 갖는데, 이 때 토라인 모세오경 중 하나를 외워야 한다. 반복 암송을 통해 그들의 율법을 귀와 몸에 그대로 체화시킨다. 어려서 외운 암송은 뇌에 오랫동안 남는다.

암송을 외국어 공부에 적용시켜도 매우 효과적이다. 육아계의 파워 블로거인 '새벽달'은 두 아들을 영어가 모국어처럼 편한 아이로 자라게 한 성공담을 〈엄마표 영어 17년 보고서〉라는 책으로 펴냈다. 그녀는 딱 10년 동안만 고생하겠다는 마음으로 매일같이 아이들에게 영어 동화책을 읽어줬다고 한다. 특정한 장소를 정해 영어로만 대화하기를 실천했고, 어렸을 때부터 영어 동요를 들려주어 자연스럽게 귀가 뚫릴 수 있도록 해준 것이다.

아이들의 영어 실력 향상보다 더 흥미로웠던 것은 영어에 노출되는 과정을 통해 엄마 자신의 영어 실력이 획기적으로 늘었다는 사실이다. 매일 큰소리로 영어 동화책을 읽어주고, 아주 쉬운 영어 회화책 한 권을 골라 읽고 녹음하고 반복해서 들은 시간들이 축적된 결과 자신의 영어 회화 능력이 폭발적으로 성장했다고 한다. 순수 국내파인 그녀가 면접 때 원어민 대표로부터 "미국 어디 출신이냐?"는 질문을 받았을 정도라고 한다.

가끔 이해되지 않는 문장도 천천히 소리를 내어 읽어보면 자연스럽게 이해되는 것 같은 느낌을 받을 때가 있다. 한 번은 살만 루시디의 〈한밤중의 아이들〉이라는 책이 도무지 잘 읽히지 않았다. 꼭 읽고 싶은 책이라 포기하고 싶지는 않았고, 남편에게 '책을 좀 읽어 달라'고 하고 나는 편하게 누워서 낭독을 들었다. 책을 눈으로 볼 때와 소리를 통해 읽는 것은 천지 차이였다. 이해되지 않았던 문장이 앞에서 그려지는 것만 같았다. 목소리를 통해 몸의 감각이 살아나는 것만 같은 신기한 체험이었다.

두 번째로 강조하는 공부법은 독서다. 그 중에서도 반드시 자신보다 훌륭한 안목으로 오랜 시간에 걸쳐 살아남은 책인 '고전'을 읽으라고 한다. 몇 해 전부터 인문학 열풍의 영향으로 고전 또한 재조명되고 있는 것 같다. 하지만 나는 고전을 꼭 읽어야 한다는 의견에는 부정적인 편이다. 모든 책은 자신의 필요에 의해 취사선택하면 될 것이다.

나는 에세이를 통해 사람 사는 이야기를 듣고 공감하는 것이 좋다. 또 소설 주인공들을 통해 내가 가져보지 못한 관점으로 사람들을 살펴보는 것도 즐겁다. 정유정의 〈종의 기원〉이라는 소설을 읽었을 때는 충격 같은 여운이 오랫동안 남았다. 관심도 가져 보지 않았던 사이코 패스를 간접적으로 만나는 경험이 신선했다. 의외로 사이코 패스는 완전히 동떨어진 존재가 아닌 우리 가까이에 있을지도 모른다는 생각에 〈직장으로 간 사이코 패스〉라는 책을 찾아서 읽어보기도 했다(우리 회사에 사이코 패스가 있다는 이야기는 아니다!).

어느 분야에서 시작했든 간에 책 읽기가 습관이 되면 나만의 관심 분야로 책 가지가 뻗어 나간다. 그 과정에서 좀 더 심화하고 싶은 분야는 좀 더 굵고 많은 가지를 만들어 가면 될 것이고, 필요 없다고 생각되는 부분은 가지치기를 하면 그만이다.

임신하고서 육아서로 책 읽기에 재미를 붙인 나는 차츰 뇌 과학에 관심을 갖게 되었다. 육아 책에서 종종 말하는 '이렇게 저렇게 하면 아이의 뇌가 좋아진다'는 문장에 밑줄을 그어가다가, 부모의 어떤 행동 양식이 아이의 뇌를 어떻게 발달시키는지 관심을 갖게 된 것이다. 언젠가 기회가 된다면 '현대 일본 최고의 지식인'이라는 다치바나 다카시처럼 한 분야를 심도 있게 연구하고 공부해 르포 형식의 책을 출판하고 싶다는 생각도 한다. 물론 아직까지는 꿈같은 이야기다. 다치바나 다카시는 큰 주제 하나를 테마로 잡아 글을 쓰는데 약 500권 정도의 책을 읽고 잡지 기사, 논문 등을 같이 본다고 하니 솔직히 그 방대한 양만으로도 기가 눌린다.

나는 더 이상 공부를 시험공부나 스펙 관리라고 생각하지 않는다. 내 삶의 호흡이 깊어지는 독서를 통해 내 자존감이 높아지는 공부를 하고 싶다. 생활과 동떨어진 공부가 아니라 매일 나의 생활에 적용하는 공부를 하고 싶다. 오늘 출근길에서 만난 사람들은 물론 회사 사람들과 나눈 대화, 모든 일상이 책이 되는 공부를 하고 싶다.

'앎은 실천의 시작이요, 실천은 앎의 완성이다. 앎과 실천은 둘로 나눌 수 없다'는 명나라 유학자 왕양명王陽明의 말처럼 실천하는 공부를 하고 싶다.

○
생각은 힘이 세다

한 해의 끝자락인 12월마다 몰스킨 다이어리를 산다. 페이지가 부드럽게 잘 펴져 쓰기 편하고, 펜이 번지지 않는 종이 재질이 맘에 들기 때문이다. 한때는 스타벅스에서 커피를 열 몇 잔 마시면 다이어리를 증정하는 프로모션에 열심히 참가한 적도 있다. 그런데 생각해보니 지정음료 3잔을 채운 후 나머지는 제일 저렴한 오늘의 커피만 마신다고 해도 다이어리 2권을 살 수 있는 돈을 쓰고 있는 셈이었다. 이제는 '호구 인증'을 하는 대신 몰스킨 다이어리 앞장에 각인을 새긴 나만의 다이어리를 따로 주문한다. 올해는 감사와 미라클 모닝이라고 각인을 새겼다.

오랜만에 옛날 다이어리를 펼쳐봤다. 첫 페이지에는 항상 위시 리스트, 즉 이루고 싶은 목표를 적는다. 2014년, 2015년, 2016년 모두 놀라울 만큼 비슷한 내용만 적혀 있다. 책 몇 권 읽기, 몇 킬로그램 살빼기, 여행 가기, 이사 가기.

아니나 다를까, 2017년 다이어리 첫 페이지에도 세 개나 겹친다. 살빼기, 여행 가기, 이사 가기. 어쩜 이렇게 목표도 획일적이람! '이 장면 전에 본 것 같다' 싶은 데자뷰도 아니고. 2018년도엔 어떤 목표가 적혀 있을까 벌써 염려되는 순간이다.

사람이 하는 생각 중 95%가 어제와 똑같은 생각이라고 한다. 무엇을 먹을까, 입을까, 누구를 만날까, 어떻게 하면 성공할까… 매일 같은 패턴으로 생각한다. 생각도 습관이고 관성이기에 벌써 몇 해째 같은 목표를 적고 있는 내 모습도 이해가 되지 않는 것은 아니다. 하지만 늙어 꼬부랑 할머니가 될 때까지 몇 킬로그램 살빼기, 여행 가기만 계속 적어놓는다면 그건 좀 아니지 않나 싶다.

말은 소리가 되어 입으로 나오는 순간 힘을 가진다. 요한복음 1장은 이런 원리를 잘 설명하고 있다. 말은 힘이다. 소리가 언어를 통해 형태와 의미를 규정해서 누군가에게 전달되거나 내 귀에 내 말이 들리는 순간 그 말은 힘을 가진다. 그 힘은 실제 물리적인 힘을 말한다. 이 말들은 누군가의 생각을 거쳐 우리에게 나타나는 것이다. 그리고 그것이 글로써 우리 눈에 보이면 그 글을 볼 때마다 그 힘을 보여준다. 나는 말의 힘을 믿는 사람이다. 한 번 말을 하고 나면 잊기 전까지 그 힘이 사라지지 않음을 믿는다.

– 김승호의 《생각의 비밀》

생각해보면 딱 내가 생각한 만큼만 살아왔다. 우등생이었던 적도

일상이 독서다

딱히 없었고, 그냥 딱 서울 소재의 대학에만 들어갔으면 했다. 그래서 좋은 학교라고 하기 애매한 딱 서울에만 있는 대학에 입학했다. 취업 시기가 다가오자 그냥 전공인 일본어를 살려서 할 수 있는 일 정도면 좋겠다고 생각했다. 그래서 일본어를 활용할 수는 있지만 복지 등은 따져볼 수 없는 아주 작은 회사에 입사했다. 작은 회사에서 벗어나 회사 출입증을 걸고 멋진 건물로 출근하면 좋겠다고 생각했다. 그래서 그런 멋진 건물에 입주한 회사에 비정규직으로 입사했다. 큰 욕심 없으니 딱 정규직으로만 전환되면 참 좋겠다고 생각했다. 그래서 몇 년 후에 정규직으로 전환이 되었다. 정규직도 되었으니 이젠 길고 가늘게 직장생활을 하자고 생각했다. 그래서 몇 년을 길고 가늘게 늘어진 엿가락처럼 살아왔다. 적당히 안주하면서 살아온 모습도 내가 딱 생각했던 만큼이었다. 말과 생각의 힘에 대해 조금 더 일찍 깨달았다면 엿가락 인생을 나의 우선순위로 두지는 않았을 것이다.

자신에게 병이 있다는 사실 때문에 항상 삶에 대해 비관하던 J. 만나기만 하면 "이렇게 사느니 정말 죽는 게 낫겠어"라고 절망하던 그녀는 자신의 말대로 다시는 만날 수 없는 곳으로 가버렸다. 일과 가정 사이에서 힘들어 하며 팔자타령을 하던 I. 그녀는 자신의 팔자타령처럼 여전히 곡예하듯 위태위태한 삶을 산다. 계속 그런 말들을 늘어놓는 한 그녀의 삶 또한 바뀌지 않을 것이다. 말에는 힘이 있기 때문이다. 계속해서 그 말을 반복하는 동안 말이 형태가 되어 나의 몸에 고스란히 각인되기 때문이다.

성경에 '죽고 사는 것이 혀의 권세에 달렸나니 혀를 쓰기 좋아하는 자는 그 열매를 먹으리라'(잠언 18:21)는 말씀이 있다. 말에는 힘이 있어 한마디로 천 냥 빚을 갚기도 하지만 천 냥 빚을 지기도 한다. '말이 씨가 된다'는 속담처럼 말은 어떤 사건을 만들어내는 힘이 있다. 생각은 말이 되고, 말은 행동이 되고, 행동은 습관이 되고, 습관은 운명이 된다.

이런 목표가 정말 자기가 절실히 원하는 것인지 그렇지 않은지를 아는 방법은 간단하다. 그 일이 반드시 하고 싶으면 종이에 적어놓는 것으로 만족하지 않고 100번씩 되뇌며 100일간 해보면 된다. 100일 동안 잘 했으면 정말 자신이 원하는 목표가 맞다. 아니라면 스스로 그럴 만한 가치를 못 느끼고 중간에 그만둘 것이기 때문이다. 100번씩 100일 동안 쓰거나 되뇐다는 것은 생각처럼 쉽지 않다. 막상 해보면 간혹 했는지 안 했는지 기억이 나지 않기도 하고, 왜 해야 하는지 의문이 들기도 한다.

— 김승호의 《생각의 비밀》

한동안 내 꿈은 관세사가 되는 것이었다. 그래서 비싼 돈을 들여 온라인 강의를 신청하고 아침에 한 시간씩 공부를 해보기도 했다. 하지만 그 열정이 채 두 달이 가지 않았다. 간절하지 않았던 것이다. 《생각의 비밀》에 나오는 저 문장을 보고 다시 가슴이 뜨거워진 나는 수첩을 펴고 '관세사'라고 100번씩 적기 시작했다. 하지만 이 작업은 이틀을 못 갔다. 관세사는 관심이 있는 전문 분야이긴 했지만 내가 절실히 원하는 것은 아니었던 것이다. 평생직장 개념이 없어진 불안감에서 괜찮은 직업을 하나 갖고 싶었을 뿐이었다.

나는 회사에서 사용하는 명함 몇 장을 집으로 가져왔다. 그리고 회사명과 부서명, 직함 밑에 '작가'라고 적었다. 그 옆에는 '독서 치료사'라고 적었다. 에세이 〈밑줄 긋는 여자〉의 성수선처럼 직장인 작가가 되고 싶다. 책을 읽기 위해 여행을 떠난다는 〈여행자의 독서〉의 이희인처럼 소파에 기대어 책을 읽으면서도 같이 배낭을 메고 여행을 하는 것 같은 즐거움을 주는 작가가 되고 싶다. 직장인 그리고 워킹맘의 애환을 적어 누군가에게 위로를 줄 수 있는 글을 쓰고 싶다.

약 7년 전에 글쓰기 주제의 책을 처음 사서 읽었고, 막연했던 생각이 실체가 되어 올해 초에 글쓰기 수업을 수강했다. 그리고 더욱 구체적인 모습이 되어 '초고'라는 것을 쓰기 시작했다. 누군가가 이 글을 읽고 있다면 나의 생각이 결국 현실이 되었다는 증빙이다.

무엇을 생각한다는 건 결국 그 쪽으로 나의 에너지를 쏟는 것이다. 그 생각이 부정적이든 긍정적이든 내가 생각하는 쪽으로 움직이게 되어 있다. 나는 호주에 가고 싶다고 생각만 했지 언제나 우선순위에서 미뤄뒀다. 의료비, 경조사비 등 기타 지출 내역을 제외하고 나면 여행비로 쓸 비용은 언제나 부족했다. 하지만 호주 여행을 계속 위시리스트로 올리고 있었더니 결국 올 추석의 긴 연휴를 이용하는 일정으로 예약할 수 있었다. 여행에 대해 계속 생각하고 있었기 때문에 1년 전에 미리 예약을 해둘 수 있었던 것이다.

끌어당김의 법칙을 강조했던 책 〈시크릿〉에서는 어떤 일이 일어난 것을 두고 '내 생각의 주파수가 벌어진 사건의 주파수와 맞아 떨어졌다'고 표현한다. 두렵고 힘 빠지는 생각이 지속된다면 정말 안 좋은 때 안 좋은 곳에 가게 될 소지가 있다는 것이다. 좋은 생각은 좋은 일을 끌어당기고, 나쁜 생각은 내가 인지조차 못하는 사이에 부정적인 일로 끌어당길 수 있으니 생각이 흐르는 방향에 항상 주의할 일이다.

에모토 마사루의 〈물은 답을 알고 있다〉라는 책이 신드롬처럼 유행했던 적이 있었다. 우리의 생각과 말 그리고 글에도 에너지와 파동이 있는데, 물에 어떻게 반영되는지를 기록으로 남긴 것이다. "사랑해" "고마워"와 같은 말을 들려주면 아름다운 결정체를 보여주는데 반해 "짜증나" "죽여 버릴 거야"와 같은 부정적인 말을 들려주면 일그러지거나 아예 형태가 없는 듯한 결정체를 보여줬다.

이 원리를 활용해서 블로그의 한 이웃이 실험을 한 것을 관심 있게 본 적이 있다. 두 개의 유리병에 각각 밥을 넣고는 한쪽에는 "사랑해"를, 다른 한쪽에는 "짜증나"를 반복해서 들려주고 관찰한 것이다. 정말 놀랍게도 "사랑해" 병의 밥이 "짜증나" 병의 밥보다 확연하게 부패 속도가 늦었다. 그는 말의 힘을 눈으로 직접 확인한 기회가 되었다고, 꼭 직접 해보라고 권유해줬다. 나는 깊은 인상을 받았고, 남편과 아이에게 말의 힘을 보여줄 수 있는 좋은 기회라고 생각해서 따라해 보기로 했다.

그런데 예상과는 전혀 다른 결과가 나와 버렸다. "사랑해" 밥이 눈에 띌 정도로 훨씬 빠르게 썩었기 때문이다. "짜증나" 밥의 상태가 너무 양호해서 나는 결과 앞에 그만 민망해져 버렸다. 남편과 아이를 교육시킬 수 있는(?) 좋은 기회였는데 말이다. 남편은 곰팡이가 퍼렇게 앉은 "사랑해" 밥을 보면서 깔깔 웃더니 이렇게 말한다.

"아, 생각해보니깐 이것도 말의 힘 아냐? 당신이 한 말을 이 밥들이 이미 들었잖아. '사랑해'가 반드시 늦게 썩어야 한다고 눈치를 주니까 반대로 반항한 모양인데? 그것도 말의 힘이라면 힘이잖아?"

어처구니가 없어서 대꾸도 안 하고 있다가 문득 생각한다. 누군가에게 결과를 보이려는 내 의도를 알아차려서 그 말의 반대 결과가 나온 거라면⋯. 좀 무섭다.

바쁜 세상에서 책 읽기

내가 유치원생이었을 때, 젊고 혈기 왕성한 30대였던 부모님은 자주 싸우셨다. 어느 날은 경제적 이유로, 또 다른 날은 주도권 쟁탈을 이유로 말이다. 재미있는 건 그렇게 부부 싸움을 한 날이면 엄마는 두 딸의 손을 잡고 서점으로 향했다. 화가 나서 불쑥 집이라도 나가고 싶지만 이제 겨우 다섯 살, 일곱 살 되는 두 아이를 데리고 갈 만한 곳이 없었을 것이다. 궁여지책으로 우울한 기분을 달래러 나갔던 곳이 서점이었고, 부부 싸움이 잦을수록 우리 집 책꽂이도 조금씩 채워져 갔다.

내가 여덟 살 때, 단칸방에서 벗어나 처음으로 56m²(17평)짜리 작은 우리 집이 생겼다. 궁색했던 살림에도 책이 몇 권 꽂혀져 있던 기억이 지금도 난다. 조지 오웰의 〈1984〉, 이외수의 〈언젠가는 다시 만나리〉, 박완서의 〈나목/ 도둑맞은 가난〉, 유안진의 〈바람꽃은 시들지 않는다〉 등 엄마는 주로 소설책을 읽었다. 한겨울날 엄마는 배를 깔고 누워 커다란 이불을 덮고 책을 읽었다. 그러면 엄마의 왼쪽, 오른쪽 이불 사이로 각각 우리 자매가 기어들어가 장난을 치고 놀았다. 〈바람과 함께 사라지다〉를 다 읽고는 가슴이 벅차 휴지로 눈물을 닦아내던 엄마의 모습도 떠오른다. 대단한 독서가는 아니었지만 집안일을 하던 틈틈이 책을 읽던 엄마의 모습이 잔상처럼 내게 남아 있다.

누구나 책에 빠져들 기회가 몇 번 찾아온다. 어렸을 때 자연스럽게 책과 친해질 기회를 가졌다면 좋겠지만, 그렇지 않더라도 일단 회사원이 되면 다들 좋든 싫든 자기계발서를 읽는다. 그리고 여자에게 두 번째 책을 만날 기회는 임신 때다. 그 때는 누구나 육아 관련 책들을 찾아 읽는다.

나 역시 임신하고 열심히 책을 읽었다. 육아 책들을 게걸스럽게 읽다 보니 자연스레 아이를 위한 책이 아닌 나를 위한 책으로 넘어갔다. 그리고 책을 읽는 습관이 붙었다. 집이 있는 경기도 부천에서 을지로의 회사까지 출근을 하려면 거의 1시간 반이 소요되는데, 왕복으로 치면 3시간에 이르는 긴 시간이다. 처음에는 출퇴근 시간이 너무 길어 매일 진이 다 빠졌다. 서울에 집을 못 얻고 경기도에서 출퇴근하는 것이 짜증스러웠다. 하지만 관점을 바꿔보니 출퇴근 시간만 잘 활용해도 일주일에 책을 한두 권 정도는 거뜬히 읽을 수 있었다. 항상 멍하니 전철에 자리가 나기만을 애타게 기다렸는데, 지금은 아침시간에도 정신이 맑다. 읽고 싶은 책이 가방에 들어 있는 날은 출근시간이 기다려질 정도다.

책 읽기가 습관을 넘어 당연한 일상이 되기까지 내가 겪은 소소한 팁들을 나눠보고 싶다.

첫 번째, 책 읽기 습관을 만드는 초반에는 '재미있는 책'부터 읽는다. 실용서나 베스트셀러로 올라온 책들을 무조건 폄하하는 사람들을 가끔 본다. 하지만 베스트셀러는 그 시대를 제일 잘 읽을 수 있는 트렌드다. 지적 허영을 위한 책보다는 먼저 쉽고 만만한 책부터 만나 끝장을 한 번 보면 책 읽기에 자신감이 생긴다. '아, 다른 책도 한 번 읽어볼까?' 하고. 유희의 즐거움에서 시작된 책 읽기가 어느 정도 채워지면 자연스럽게 어떤 분야를 본격적으로 알고 싶다는 욕구로 옮겨간다. 모르는 분야를 알아가고, 편협한 시각으로만 봐왔던 세계를 배워가는 재미 또한 쏠쏠하다.

두 번째, 쇼핑하듯이 자주 서점에 간다. 내 경우는 회사 주변에 대형 서점들이 있어 점심시간이나 외근 나갈 일이 있을 때 종종 들른다. 요즘은 어떤 책이 인기가 있나 베스트셀러 코너도 돌아보고, 관심 있는 인문, 육아/가정 분야를 한 바퀴 돌면서 읽고 싶은 책을 만난다. 인터넷 서점에서 소개된 글만 읽는 것보다 실제 책의 목차나 서문, 내용을 보고 고른 책은 실패할 확률이 적다.

세 번째, 읽고 싶은 책은 서점에서 바로 구입하기도 하지만, 대부분은 온라인 서점에서 구입한다. 요즘은 배송 서비스가 얼마나 좋아졌는지 점심시간에 주문해도 당일 퇴근 전에 배송되어 온다. 정가보

일상이 독서다

다 상시 10%가 할인되는 데다 쿠폰, 적립금, 카드 할인을 이용하면 경제적 이득도 크다. 게다가 노트, 램프, 무릎 담요, 독서대 등의 사은품도 매력적이다.

네 번째, 집안 곳곳에 읽고 싶은 책을 둔다. 책을 담을 수 있는 저렴한 바구니를 몇 개 사서 소파 옆에도, 침대 옆에도 두고 책을 몇 권씩 넣어두면 자연스럽게 꺼내 읽게 된다. 부모의 책 읽는 모습은 자연스레 아이의 독서 습관으로 이어진다. 인형놀이를 하다가 옆에 있는 책을 집어 들어 읽고, 밖에서 놀다 들어와 거실 바닥에 널브러진 책을 주워 한 권씩 읽는다. 주말이 되어야 겨우 청소기를 돌리는 나는 '아이 키우는 집은 너무 깔끔하면 안 된다'는 소신을 갖고 있다. 뭐든 널브러져 있어야 아이 교육에 도움이 된다고 말이다.

다섯 번째, 책은 가능한 한 빌리지 않고 사본다. 도서 정가제 이후 책 사기가 부담스럽다고들 하지만 대부분은 한 권에 1만원을 조금 넘는다. 저자의 지혜와 노하우가 고스란히 들어간 한 권의 인생을 1만원쯤에 사볼 수 있다는 건 매우 저렴한 혜택이다. 그리고 기본적으로 내 책이라는 인식이 있어야 책에 더 애정이 간다. 마음을 흔드는 문장이 있으면 밑줄도 그어야 하고 다시 펼쳐볼 수 있도록 책 모서리도 접어야 하는데, 그건 내 책이어야 가능하다. 내 경우는 빌려 읽은 책은 기억에도 오래 남지 않는다. 게다가 사람마다 취향이 다르겠지만 처음부터 되팔겠다는 생각이 아니면 책은 지저분하게 읽는다. 열심히 밑줄도 긋고, 저자에게 동의하거나 반대하는 의견이 있으면 책의 여백에 메모도 해둔다. 지하철에서 읽느라 밑줄 긋고 메모 남기기가 어려우면 작은 테이프처럼 생긴 '플래그 잇'을 활용한다. 이렇게 읽은 흔적을 남겨두었다가 다시 펴보면 아무런 흔적이 없을 때보다 기억에 오래 남는다.

내가 가장 공들이는 시간은 필사, 즉 베껴 쓰기다. 토요일 아침 일찍 카페로 가서 커피 한잔 시켜놓고, 필사하고 싶은 책과 다이어리, 볼펜을 꺼낸다. 밑줄 그은 부분을 다시 읽고 필사를 시작한다. 책에 붙여 두었던 플래그 잇을 하나씩 떼어내면서 베껴 쓰고 내 의견을 적는 과정을 반복한다. 이렇게 필사까지 끝낸 책은 그야말로 '나의 책'이 된다. 문장력 향상을 위해서 필사만큼 좋은 것도 없거니와 수동적으로 읽기만 했던 책을 내 삶에 적용시킬 수 있는 능동적인 시간이 된다. 또 쓰는 행위 그 자체만으로도 힐링이 된다. 필기감과 그립감이 좋은 볼펜, 예쁜 노트 정도로도 충분히 행복해지는 호사를 누릴 수 있다.

책을 읽은 후에 독후 활동을 하는 것도 좋다. 블로그에 서평을 올리겠다고 작정하고 책을 읽으면 확실히 집중력이 높아진다. 매번 장문의 글을 올리는 것이 부담된다면 인스타그램 활용도 좋은 것 같다. 인스타그램 아이디 '책 읽어주는 남자'를 팔로잉 하고 올라오는 글을 가끔 읽는다. '책 읽어주는 남자'는 책에서 뽑은 한 문장을 예쁜 배경화면에 담아 소개하는 방법으로 자신만의 콘텐츠를 꾸려간다. 사실 '책'은 별로 인기가 없는 주제인데 의외로 팔로워도 많고 반응도 좋다. 길게 써서 올리는 서평이나 독후 활동이 부담된다면 이렇게 SNS 를 이용하는 것도 좋겠다는 생각이 들었다.

'혼자만의 책 읽기'에 익숙해 있다면 '독서 모임'을 추천하고 싶다. 전에 회사에서 마음이 맞는 몇 명과 독서 모임을 가진 적이 있다. 일 상이 바쁘다 보니 열의가 부족할 거란 나의 우려는 보기 좋게 빗나갔 다. 다들 짬을 내어 열심히 읽어왔고 그야말로 활기찬 토론이 이어졌 다. 무엇보다 회사 사람들과는 속에 있는 이야기까지 나누는 일이 거 의 없는데, 책을 매개로 자신의 진솔한 이야기를 스스럼없이 나눴다. 다른 사람의 시선을 통해 새롭게 볼 수 있는 점도 큰 수확이었다. 당 시 TV에서 '비밀독서단' 프로그램이 인기 있었던 때라 우리의 모임도 '비단 모임'이라고 불렀다. 우리의 겉과 속이 비단결같이 보드랍기를 바라는 마음에서. 계속 모임을 이어가진 못했지만 회사 동료와의 독 서 모임은 내게 의미 있는 추억으로 남아 있다.

한동안 나의 독서활동은 권수 채우기에 급급했었다. 2016년 내 목 표 중 하나가 100권의 책을 읽기였다. 결국 105권인가를 읽어서 목 표 자체는 이루었다. 다이어리에 읽은 책 목록을 간단히 정리하기에 알았을 뿐 기록하지 않았다면 무슨 책을 읽었는지조차 기억하지 못 했을 것이다. 올해는 권수 채우기에 급급한 독서가 아닌 내실 있는 독서를 하자고 마음먹었다. 일 년째 3권에서 멈춰버린 박경리의 대 하소설 〈토지〉를 끝까지 읽기, 역사 분야의 양서를 읽는 것이 올해의 목표다. 그리고 블로그에 꾸준히 서평을 올리자는 목표를 세웠다.

얼마 전에 신문을 보니, 강남구 신사동 가로수길에 있는 빌딩 열 채 중 네 채는 자식에게 대물림된다는 기사가 있었다. 초등학생의 장래희망이 부동산 임대업자라는 기사를 읽으며 얼마나 가슴이 턱 막히던지. 나는 물려줄 건물은 없지만 내면의 집, 독서 유산만큼은 꼭 물려주고 싶다.

어느덧 밤 11시, 엄마가 고픈 아이가 더 놀자고 버티다가 결국 잠들었다. 뭐니 뭐니 해도 애들은 잘 때가 제일 예쁘다는 친정엄마의 이야기가 생각나 쓴 웃음을 짓는다. 그리고 냉장고에서 시원해진 맥주 한 캔을 꺼낸다. 어제 읽다만 책, 김이경의 〈책 먹는 법〉을 편다. 독서란 '쓴 사람과 읽는 사람의 만남이며 또 다른 세계와의 만남'이라는 문장에 밑줄을 긋는다.

면회 가는 길마다 나를 울린 책

자신만의 특별한 추억이 있기에 의미가 부여되는 것들이 있다. 내 경우엔 〈책은 도끼다〉라는 책이 그렇다. 카피라이터 박웅현이 쓴 책. 오랜 기간 베스트셀러였던 책. 유명인사의 독서 에세이. 책 좀 읽는 사람이라면 누구나 아는 책. 대부분의 사람에게 그 정도로 기억될 것이다.

내겐 제일 힘들 때 절절한 위로를 주던 책이었다. 딸아이가 태어난 직후 오른쪽 폐의 대부분을 절제하는 수술을 받고 두 달 넘게 신생아 중환자실에 입원해 있었다. 그 때 면회길마다 나를 달래준 책이었다. 산후조리차 머물던 친정집이 있는 안양에서 A병원이 있는 잠실나루까지 매일 지하철에서 보내는 한 시간 남짓의 시간은 정말 지옥 같았다. 아이 면회를 다니느라, 예약했던 산후조리원도 취소하고 산후조리는커녕 출산 5일째부터 지하철을 타고 면회를 다녔다. 퉁퉁 부어서 온 몸이 힘들었고, 아이가 잘못될까 봐 마음은 더 힘들었다. 몸과 마음이 피폐한 상태였지만, 아이를 만나러 가는 면회시간은 내 삶의 전부였다. 가방엔 아이에게 보여줄 초점 책, 간호사에게 틀어달라고 부탁할 동요 CD, 기저귀와 거즈 수건을 넉넉하게 챙겨 넣었다. 그리고 〈책은 도끼다〉도 같이 넣어 다니며 지하철에서 틈날 때마다 읽었다.

박웅현은 이 책에서 자신이 읽었던 책을 자신의 삶에 녹여 들려준다. 심리치료서도, 힐링서도 아니기에 오히려 더 위로가 되었다. 사실 그 때는 누가 "괜찮아. 좋아질 거야. 힘내!"라는 이야기를 해주어도 도통 귀에 들어오지 않았다. 겪어보지 않은 사람들은 함부로 위로 따위를 해서도 안 된다고 나는 삐딱하게 마음을 닫고 있었다.

이 책이 더 특별해진 건 나의 인생 노래를 소개해줬기 때문이다. 그 노래는 핑크 마티니의 〈Splendor in the grass〉. 우리말로 옮기자면 '초원의 빛'쯤으로 해석된다. 꼭 찾아서 들어보란 작가의 말에 잠깐 걸음을 멈추고 병원 입구에서 스마트 폰으로 검색해서 노래를 들었다. 신생아 중환자실에서 사투를 벌이는 아이를 만나러 가는 마당에 초원의 빛이 무슨 소용인가 싶은 생각도 들었지만 말이다.

노래 중간에 '우리 머리를 잔디 위에 쉬게 하면서 잔디가 자라는 소리를 들어보지 않을래?'라는 가사 뒤로 차이코프스키의 피아노 협주곡 1번이 나올 땐 감정 주체가 안 될 정도로 눈물이 쏟아졌다. 음악의 위로라는 게 이런 것이구나 싶었다. 말의 형태가 아니어도 가슴에 정확하게 꽂혀서 따뜻하게 퍼져나가는 느낌. 그 뒤로 나는 매일 면회 가는 길마다 그 노래를 들었다. 매일 그 가사 뒤로 나오는 피아

노 협주곡을 들으며 위로 받았고, 눈물을 쏟았다. 지금도 가끔 그 노래를 찾아서 듣는다. 여전히 눈물이 난다. 최선을 다해 버텨준 내 아이가, 그리고 내가 대견해서 눈물이 난다.

〈책은 도끼다〉에서 톨스토이의 〈안나 카레니나〉를 비중 있게 소개한 덕분에 20년 만에 그 책을 다시 찾아 읽었다. 고등학교 때 〈안나 카레니나〉를 처음 읽었을 때, 내게 안나는 바람피운 나쁜 유부녀였다. '악인의 끝은 죽음이구나' 그렇게밖에 해석되지 않았다. 마흔이 거의 다 되어 다시 읽었을 땐 안나가, 그녀의 남편 카레린이 참으로 가련했다. 안나의 남편은 백작의 신분을 가지고 있고, 그녀에게 부와 사회적 지위, 안락함을 줬다. 게다가 그녀는 귀여운 아들까지 두이 남부러울 것 없는 삶을 산다. 하지만 사랑 없는 결혼생활로 자신의 삶에 만족을 못했다.

19세기 러시아 귀족사회를 톨스토이가 신랄하게 비판한 소설이라 하지만 지금 우리가 사는 세계와 무엇이 다른가. 여성의 사회 지위가 많이 높아졌다지만 아직도 결혼할 땐 남자의 '스펙'과 '배경'을 엄청나게 따진다. 결혼정보회사에서는 등록된 사람마다 등급을 매긴다고 한다. 남자의 1등급은 좋은 직업과 연봉이고, 여자의 1등급은 아버지의 직업과 재산, 본인의 나이와 외모라고 하니 도대체 안나가 살던 19세기 러시아 귀족들의 세태와 무엇이 다른지 잘 모르겠다.

안나는 애정이 결핍된 상태에서 젊음과 패기로 뭉친 브론스키에게

강하게 끌린다. 결국 둘은 도망하여 동거를 하기에 이르지만 기대했던 만큼 행복하지 않다. 남편 카레닌이 이혼을 해주지 않았고, 사랑하는 아들과 만날 수 없었다. 손가락질하는 사람들의 눈을 피해 다니다 보니 사교생활도 할 수 없었다. 제일 비극적인 건 브론스키의 사랑이 예전 같지 않았다. 브론스키의 아이마저 유산되고, 크게 상심한 안나는 그만 철로로 들어오는 기차를 향해 몸을 던지고 만다.

안나가 애정에 목말라 누군가의 사랑을 갈망하는 대신 자신의 바짝 마른 내면을 좀 돌아보았으면 좋았을 걸 하는 안타까운 마음이 들었다. 브론스키는 겉으로는 젊고 열정적인 청년이었지만, 실상은 재정 파탄에 이른 자기관리가 전혀 되지 않는 사람이었다. 누군가를 책임 있게 품어줄 재목이 되지 않았다. 왜 안나는 그의 진짜 모습을 보지 못했을까.

한편, 안나와 브론스키와는 대조적으로 보이는 커플이 키티와 레빈이다. 레빈은 딱 보기에도 외골수 같은 구석이 있는데다 말주변도 좋지 않다. 키티는 레빈의 청혼을 단번에 거절한다. 레빈은 실연의 슬픔을 이겨내고 낮에는 땀을 흘리며 직접 농사를 짓고, 밤에는 어떻게 더 농작물을 번성시킬 수 있을지 공부한다. 귀족인 레빈이 농사일을 하는 것을 두고 하인들은 못마땅해 하지만 그는 육체노동을 신성한 것으로 여긴다. 성실하고 진지한 그의 삶의 모습에 결국 키티의 마음도 돌아서고 둘은 결혼하기에 이른다. 둘의 사랑은 안나와 브론스키처럼 활활 타오른 적은 없지만 은근한 온기를 담아 오래간 지속

될 것이다.

레빈을 보면서 내공이 있는 남자라고 생각했다. 결핍된 애정을 대신할 다른 애정을 찾은 안나와는 달랐다. 레빈은 자신에게로 시선을 돌렸다. 직접 농사일을 하며 노동에 애정을 가졌고, 틈나는 대로 부지런히 공부했다. 영혼과 육체의 균형을 가진 이라면 레빈을 두고 하는 말일 것이다.

남편과 나는 연애시절까지 헤아려보면 거의 13년을 같이 보냈다. 우리는 죽고 못 살 만큼 대단한 연애를 한 적은 없다. 다만 서로 이야기가 잘 통했다. 결혼 후 여느 부부와 달리 만만치 않은 일들을 겪었지만 서로 잘 버티며 잘 살아온 것 같다. 퇴근길에 가끔 만나 맥주 한잔하며 각자 회사에서 있었던 썰을 풀기도 하고, 딸아이에 대한 이야기를 하기도 한다. 늙어서도 서로 이야기할 것이 많았으면 좋겠다. 우리는 양은냄비처럼 뜨겁게 끓어오른 적은 그리 많지 않았지만 우직한 돌냄비처럼 천천히 덥혀지고 금방 식지도 않을 것이다.

'그(레빈)는 행복했다. 그러나 가정생활에 발을 들여놓자마자 매 순간 그는 자기가 상상했던 것과는 전혀 다르다는 것을 알게 되었다. 한 걸음마다 그는 호수 위를 미끄러져가는 작은 배의 매끄럽고 행복한 진행을 넋을 놓고 바라보던 사람이 자기가 직접 그 작은 배에 탔을 때 느끼는 것과 같은 기분을 경험했다. 말하자면 몸이 흔들리지 않게 하고 가만히 타고 있는 것만으로는 부족하다는 것, 어느 쪽을 향해서 갈 것인지를 한 순간도 잊지 말아야 한다는 것, 발밑에는 물이 있고 그 위를 노 저어 가지 않으면 안 된다는 것, 익숙하지 않은 손에는 그것이 몹시 아프다는 것, 그저 보고만 있을 때에는 손쉬운 것 같았지만 막상 자기가 해보니까 썩 즐겁기는 해도 무척 어렵다는 것을 알게 되었다.   — 레프 톨스토이의 《안나 카레니나》

안나를 보면서 안타까움을 느끼는 동시에 내 모습을 돌아보게 되었다. 삶의 내공이란 어떻게 기를 수 있는 것인가? 안나의 결혼생활은 정말 애정 없는 것이었던가? 그녀의 남편 카레닌은 그의 방식으로 사랑을 준 것이 아닐까? 아내와 자식에게 부와 권력, 안전하게 지켜주는 방법으로 말이다. 첫눈에 안나에게 반한 브론스키도 '같이 살아보니' 결국 애정이 예전 같지 않았다. 남자들은 자기 손에 들어온 새는 더 이상 관심을 갖지 않는다던가? 머릿속에 회오리바람이 부는 것처럼 많은 질문들이 쏟아진다. 누군가 〈안나 카레니나〉를 읽은 나의 감상을 듣는다면 웃기는 해석이라고 할지도 모른다. 뭐, 괜찮다. 박웅현의 말대로 각자의 독법, 나만의 오독인 거다. 그 책이 내게 걸어주는 말이 있다면 백날 남의 해설서를 읽어대는 것보다 훨씬 유익한 일 아닌가.

박웅현의 〈책은 도끼다〉는 누군가에게는 그렇고 그런 자기계발서쯤으로 읽혔을지라도 내게는 면회길마다 위로를 건네던 친구 같은 책이다. 마음의 상처를 눈물로 쏟아내게 만든 노래를 소개해준 고마운 뚜쟁이 같은 책이다. 분량과 권위 때문에 좀처럼 다시 읽기가 쉽지 않았던 〈안나 카레니나〉를 이십 년 만에 다시 만나게 해준 책이다. 나에겐 그런 책이다.

'우리가 읽는 책이 우리 머리를 주먹으로 한 대 쳐서 우리를 잠에서 깨우지 않는다면 도대체 왜 우리가 그 책을 읽는 거지? 책이란 무릇 우리 안에 있는 꽁꽁 얼어버린 바다를 깨뜨려버리는 도끼가 아니면 안 되는 거야'라는 카프카의 말처럼, 그 책이 나를 깨워주는 도끼가 되었다면 그것으로 특별하다.

내게 말을 거는 또 다른 책을 만나고 싶다. 항상 똑같은 방식으로만 생각하는 나를 깨워줄, 번쩍 눈이 떠지게 해줄 도끼 같은 책을 펼쳐보고 싶다.

읽기는 먹기, 쓰기는 싸기

읽으니 쓰고 싶어지더라고. 책 읽기가 습관처럼 몸에 붙으니 뭐든 써보고 싶은 생각이 들었다. 하다못해 계정만 만든 채 제대로 운영해본 적 없었던 블로그에 멋진 서평이라도 올려보고 싶었다. 하지만 내게 읽기와 쓰기는 전혀 다른 종족처럼 느껴졌다. 읽고 나서 가슴에 봇물처럼 넘쳐흐르는 말들이 막상 모니터와 마주하면 한 글자도 쓸 수가 없었다.

그러다가 우연히 서평쓰기 수업에 2개월간 참석했다. 글쓰기의 작은 팁이라도 얻고 싶어 퇴근길에 부담 없이 들러 수업을 들을 생각이었다. 참석자 중에는 글쓰기와 독서 강의를 업으로 하는 분도 있고, 엄청난 다독가에 독서지도 전문가까지 가히 '책'에 관한 한 엄청난 스펙을 가진 분들이 대부분이었다. 지정된 책 한 권을 읽고 서평을 써오면 돌아가면서 서평의 좋은 점과 부족한 점을 서로 지적하는 합평으로 수업이 이루어졌다. 할 때마다 크게 주눅이 들었다. 서평 숙제도 너무 큰 부담이 되어서 결국 그만두고 말았다.

또 한 번은 3년간 1만권을 읽고 50권의 책을 펴냈다는 유명 작가의 글쓰기 수업이 궁금해서 수업료 조회를 해봤더니 6백만원이라고 했다. 6백만원은커녕 6천원짜리 물건을 살 때도 적용할 쿠폰이 없는지 따져보는 평범한 아줌마에게는 비현실적인 금액이었다.

그러다가 작년 초에 도서 앱에서 알림 문자가 왔다. 무일푼 막노동꾼, 전과자 출신인 사람이 썼다는 〈무일푼 막노동꾼인 내가 글을 쓰는 이유〉라는 책이 소개된 것이다. 호기심에 책을 주문했다. 책의 처음부터 끝까지 '무조건 써라'라고 쓰여 있었다. '그냥 써라. 누구 눈치볼 필요도 없이 무엇을 쓸까 고민할 필요도 없이. 지금 느끼고 생각하고 있는 모든 것을 다 털어내듯이 써버려라. 한마디로 써라.'

나는 그때까지 글쓰기를 해본 적이 거의 없다. 사실 일기도 꾸준히 써본 적이 없다. 초등학교 때 일기는 선생님의 검사가 전제된 것이니 진실한 일기라고 할 수도 없다. 글쓰기 대회에서 수상한 적도 없다. 아, 딱 한 번, 라디오 프로그램에 글을 올려 소개된 적이 있다. 그 때 무슨 마스크 팩을 선물로 받았던 것 같다. 그 이후로는 단 한 번도 내 글쓰기가 어떤 형태로든 인정을 받아본 적이 없다.

그런데 이상하게 책을 계속 읽다보니 자연스럽게 쓰고 싶다는 욕구가 생겼다. 하지만 막상 쓰려고 하면 내가 책을 읽은 게 맞나 싶을 정도로 막막했다. 그 불편함이 싫어서 글쓰기를 계속 미뤄두었다. 게다가 나는 항상 누군가에게 보여주는 글을 의식하며 써왔다. 누가 읽어서 전혀 도움이 안 되는 쓰레기 글이면 어떡하지? 누가 이상하게 생각하면 어떡하지? 라는 걱정까지 하면서 말이다.

〈무일푼 막노동꾼인 내가 글을 쓰는 이유〉의 저자인 이은대는 글쓰기를 감옥에서 배웠다고 한다. 대기업 직원으로 많은 월급을 받으며 빚 없이 132m²(40평)대의 아파트를 장만했을 정도로 남부러울 것 없는 삶을 살았다. 그러다 그만 사업이 망하는 바람에 '쪽박'을 찼다. 쪽박 정도가 아니라 빚을 감당할 수 없어 채무자로부터 고소를 당하고, 결국 감옥에 가게 된다. 하루아침에 바뀐 자신의 신세를 한탄만 하다가는 미칠 것 같아서 닥치는 대로 아무 글이나 써갔다고 한다.

'육체를 단련하듯 정신도 매일 단련해야만 한다. 매일 글쓰기를 해야 한다. 나를 바라볼 수 있어야 하고, 스스로에게 충고해 줄 수 있어야 한다. 힘들고 어려운 일이 아니다. 가만히 앉아 마음속 깊은 곳에서 우러나오는 내면의 목소리에 귀를 기울이고 받아 적기만 하면 된다. 생각나는 대로 적으면 그뿐이다.'　　　　　　　－ 이은대의 《무일푼 막노동꾼인 내가 글을 쓰는 이유》

어느 날 나는 회사를 간절히 그만두고 싶었다. 집으로도 가고 싶지 않았고, 어디론가 도망가고 싶었다. 누가 살짝만 건드려도 몸에서 바늘 수천 개가 뚫고 나가 누군가의 마음에 구멍을 뚫을 것 같았다. 아침엔 회사로, 밤이면 집으로 출근한다. 밤 12시경에 겨우 눈을 붙이면 다음날 새벽에 깨서 정신없이 출근 준비를 한다.

'왜 이렇게 사나, 그렇다고 떼돈을 버는 것도 아니고, 의사나 변호사 같은 대단한 전문직도 아니고. 나는 왜 돈 몇 푼 번다고 이런 생활을 되풀이하는 걸까. 정말 이렇게 계속 살아도 될까. 아이는 괜찮을까. 아이 말이 느린 게 엄마가 자극을 충분히 주지 못하기 때문은 아닐까. 아이를 봐주시는 어머님께도 죄인이다. 회사에서도 죄인이다. 나는 전생에 나라 팔아먹은 매국노였나. 왜 이렇게 죄인처럼 살아야 하나.'

나는 두서도 없이 응어리를 쏟아내듯 미친 듯이 컴퓨터 키보드를 두드렸다. 거의 한 페이지 가까이 되는 글이었다. 다 쏟아냈다 싶어 가만히 내가 쓴 글을 읽어보았다. 내 마음이 읽혀졌다. 나는 그 순간 위로가 필요했던 거다. 틈틈이 나만의 시간을 가져야 하는데 너무 일상에 쫓겨 지내다 보니 미처 내 마음을 돌아보지 못했다. 힝상 겪는 어려움도 내 마음을 돌아보지 못하다 보니 격한 감정으로 바뀌어 버린 것이다. 이상했다. 글로 분노를 표출했을 뿐인데 내가 어떤 상태인지 제3자의 눈으로 볼 수 있게 되었다.

차마 다른 사람에게는 보여줄 수 없는 감정의 쓰레기 같은 글들을 그 뒤로도 계속 남겼다. 울컥하거나 화가 나면 내 감정을 조용히 바라보기 위해 노트북을 켰다. 그마저도 귀찮으면 다이어리를 펴고 몇 글자라도 적어보기 시작했다.

그 뒤로 내게 변화가 생겼다. 감정의 기복이 작아졌다는 것이다. 이전에는 내게 조울증이 있나 싶을 정도로 감정 기복이 컸다. 우울

주기에는 자주 무력감을 느꼈고, 포기하고 싶은 생각이 들었다. 그 와중에 딸아이에게 그 감정이 전해질까 봐 전전긍긍했다. 지금은 그런 무력감이 많이 없어졌다. 몸과 마음이 힘들다는 신호를 보낼 때는 남편에게 아이를 부탁하고 집에서 나와 혼자만의 시간을 갖는다. 카페로 가서 책을 읽거나 다이어리에 필사를 한다. 또는 가고 싶던 강연회에 다녀오기도 한다. 감정을 다 쏟아낸 쓰레기 같은 글이라도 쓰고 난 이후에는 내 마음을 살펴볼 여유가 생겼다는 것이 변화점이다.

여자들은 호르몬의 영향을 어쩔 수 없이 받는 편이다. 나는 보통 생리가 시작되기 일주일 전부터 아토피의 가려움이 더해지고, 무력감이 한층 심해졌다. 한 번은 이런 증상 없이 생리가 시작되는 걸 보고 글쓰기가 호르몬의 영향조차도 줄여주는구나 싶었다. 글쓰기를 하고 나서부터는 적어도 내가 지금 어떤 상태인지를 읽을 수 있는 눈이 생겼다. 그리고 들끓고 있는 분노를 향해 '이제 그만'이라고 말할 수 있게 되었다.

힘든 일을 글로 써내면 위로가 된다. 그리고 지금 겪고 있는 어려운 일을 글로 써보면 해결점이 보인다. '그 사람이 오버하는 모습이 너무 싫다.' '돈이 급하게 필요하다.' '아이가 말이 느리다.' 그리고 그 밑에다 어떻게 해결할 수 있을지도 같이 써본다. '그 사람도 적응하느라 애쓰고 있겠지. 너무 신경 쓰지 말자.' '예비금으로도 부족할 것 같다. 보험 담보로 대출을 조회해보자.' '힘든 일을 겪고 태어났으니 다른 애들과 비교하는 건 무리지. 그래도 작년 이맘 때에 비하면 일

취월장한 것이 보인다. 예전에 괜히 성급하게 재활치료까지 받게 했어도 별로 효과도 없었다. 제 속도대로 열심히 달려오고 있으니 조금만 더 믿고 기다려보자.'

〈알라딘과 요술램프〉에 나오는 램프의 요정 지니가 나타나 문제를 '뿅'하고 해결해준 것도 아니다. 여전히 문제는 그대로 있다. 하지만 글로 적는 순간, 문제가 그리 복잡하지 않다는 걸 깨닫는다.

또 글은 힘이 세다. 나는 원하는 것을 글로 쓰면 현실이 된다고 믿는다. 그래서 매년 위시 리스트를 적고, 연말에는 얼마만큼 현실로 나타났는지 살펴보는 시간을 갖는다. 막연하게 '그렇게 되고 싶다'라고 생각만 하는 것과, 글로 '그렇게 될 것이다'라고 적는 것은 엄청난 차이를 가져온다고 나는 믿는다.

회사에서 하루에도 수십 통의 e메일을 읽고 쓰지만, 회사원들조차도 업무를 위한 쓰기가 참 미숙하다는 생각을 자주 한다. 중언부언하는 통에 무슨 말을 하는지 잘 모르겠고, 애매한 표현 때문에 상상력까지 동원하여 문장을 읽어야 한다. 메일의 문장으로는 의미 전달이 제대로 안 되어 결국 전화로 추가 설명을 들어야만 이해되는 경우도 많다. 쓰기 자체가 익숙하지 않기 때문일 것이다. 대학교 때도 짜깁기 리포트밖에 써보질 못했고, 연애편지조차도 제대로 못 썼는데 업무용 글쓰기라고 갑자기 잘 써질 리가 없다.

내 경우엔 매일 컴퓨터를 켜놓고 감정쓰레기 글을 계속 써가면서 업무용 메일도 쓰기가 한결 편해졌다. 먼저 감정쓰레기 글처럼 전하고 싶은 내용을 전부 다 써내려 간다. 그리고 다시 읽으면서 가지치기를 한다. 한 번 더 읽으면서 정말 전하고 싶은 내용을 강조해서 편집한다. 감정쓰레기 글도 계속 쓰다 보니 이런 식의 업무 적용도 가능해졌다.

앞으로도 나는 계속 뭔가를 쓸 것이다. 전업 작가가 될 생각은 없지만 쓰는 행위만큼은 계속하고 싶다. 온전히 나를 위한 글쓰기였지만 조금 더 영향력을 가져 누군가에게 도움이 된다면 더할 나위 없이 기쁠 것 같다.

〈글쓰기 생각쓰기〉의 저자 윌리엄 진저가 말한 '글쓰기는 종이 위에서 이루어지는 두 사람 사이의 친밀한 거래이며, 거기에 인간미가 담겨 있는 만큼 성공을 거두게 마련'이라는 것처럼 온기와 인간미가 있는 글을 나는 계속 써가고 싶다.

바야흐로 공적이든 사적이든 모든 사람이 글쓰기를 해야 하는 시대다. 회사원은 물론이고, 육아와 살림을 챙기느라 분주한 주부들도 자신을 위한 글쓰기를 해야 한다. 학생들도 논술을 써야 하고 독후감을 써야 한다. 무엇이든 좋으니 하루에 조금씩이라도 써보라고 권하고 싶다. '쓰니까 참 좋은데, 표현할 방법이 없네.'

○
고전을 왜 읽을까

교육학개론 수업 때였다. 교수님은 박희병의 〈선인들의 공부법〉이라는 책을 읽고 감상문을 리포트로 제출하라고 하셨다. '고전'이라고 불리는 것을 읽어보기는 그 때가 처음이었다. 〈선인들의 공부법〉은 이율곡, 정약용, 공자 등 동아시아 대학자들의 말씀을 엑기스만 뽑아 추출해놓은 책이었다. 책 자체는 흥미로웠지만 나와는 상관없는 이야기처럼 느껴졌다. 때문에 과제물로 제출한 감상문은 허공에 붕 뜬 이야기만 늘어놓았고, 리포트 점수도 형편없이 받았던 것 같다.

몇 해 전부터 인문학 열풍이다. 그 영향으로 고전 읽기 또한 재조명을 받고 있다. 주변을 둘러봐도 고전을 공부한다는 사람들이 여럿 있다. 사서오경四書五經 읽기에 도전한다는 사람도 있고, 〈논어〉 강의를 인터넷으로 들으며 공부한다는 사람도 있다. 전혀 다른 시대를 산 사람의 이야기를 왜 지금 들춰봐야 하는 걸까? 고전에 대한 특별한 권위 때문일까? 사회의 저명인사들 중에는 〈논어〉를 삶의 지침으로 삼아 곁에 두고 항상 펴보는 사람들도 많다는데, 삶의 갈림길마다 그렇게 명확한 답을 주는 책인가? 나는 이런 질문을 품고 〈논어〉를 폈다.

동서고금을 막론하고 해 아래 새 것이 없기 때문일지도 모르겠다. 공자가 살던 그 시대도 결국 '사람 이야기'를 하는 때였으니 말이다. 문명과 기술이 발달하여 사는 모습이 조금 달라졌을 뿐 결국 우리 삶에서 나와 내 주변 사람에 대한 이야기를 빼면 무엇이 남을까. 사람들 사이에서 어울리는 지혜를 배우기 위해 그 오래된 책들을 펼치는 것이리라.

〈논어〉는 H출판사에서 나온 원문과 해석이 같이 나와 있는 책을 처음부터 끝까지 쭉 읽었다. 읽는 중간에 공감이 되고 한 번 더 생각하게 만드는 문장은 따로 표시를 해두었다. 처음부터 권위에 압도되어 펴보지도 않았던 것과 좀 다른 느낌이었다.

자왈학이시습지子曰學而時習之면 불역열호不亦說乎아

유붕자원방래有朋自遠方來면 불역낙호不亦樂乎아

인부지이불온人不知而不慍이면 불역군자호不亦君子乎아.

공자께서 말씀하시길, "배우고 때에 맞추어 익히면 이 또한 기쁘지 아니한가, 뜻을 같이 하는 친구가 멀리서 찾아오니 또한 즐겁지 아니한가. 나를 남들이 알아주지 않아도 노여워하지 않으니 참으로 군자가 아니겠는가."

- 《논어》

학교 다닐 때는 그리도 공부하는 것이 싫더니 지금은 배우고 싶은 것이 많다. 〈논어〉 강의를 들으며 텍스트의 단편 지식이 아닌 배경 지식을 공부하고 싶다. 배우다 그만둔 피아노도 다시 시작해보고 싶다. 스페인어도 배우고 싶다. 누군가는 배움에도 때가 있다고 했지만, 나이를 뜻하는 '때'보다 중요한 건 내 마음이 동하는 '때'인 것 같다. 배우고 싶다고 느끼는 때. 부족하다고 느끼는 때. 그래서 출퇴근길에 스마트폰 대신 부지런히 책을 들고 읽었다. 책을 부지런히 읽는다고 느닷없이 인사고과를 잘 받는 것도 아니며, 경제적으로 윤택해지는 것도 아니다. 겉으로 보이는 자기 자신은 그다지 변한 점이 없다.

하지만 때때로 나 자신이 주변 사람들을 가만히 바라볼 수 있는 여유가 생겼다. '관심'을 가지고 관찰한다. 모든 사람을 이해할 수 있는 것은 아니지만 그 사람 입장이 되면 나도 그럴 수 있겠다고 생각할 수 있게 되었다.

'배우기만 하고 생각하지 않으면 막연하여 얻는 것이 없고, 생각만 하고 배우지 않으면 위태롭다.'

- 《논어》

학교 다닐 때는 선생님이 시키는 것만 공부했고 참고서에 빈출 별표가 되어 있는 부분만 달달 외웠다. 시험 전날까지 벼락치기 공부를 하고, 시험 후에는 공부한 내용을 전혀 기억하지 못했다. 대학을 들어가서도 나라는 존재에 대해 깊이 있게 성찰해본 적이 없다. 동아리 활동을 하고, 학과 성적이 펑크 나지 않을 만큼만 공부했다. 취업을 목전에 두고도 진지하게 내 진로를 고민하지 않았던 것 같다. 내가 정말 하고 싶은 일이 있는지, 하고 싶은 일과 별개로 잘하는 일은 무엇인지 제대로 생각해보지 않았다. 그저 전공인 일본어를 살려 취업하자는 정도의 아주 단순한 고민밖에 하지 않았다. 그리고 딱 생각한 정도의 만족도로 직장을 구할 수 있었다.

그 후 도돌이표 같은 인생에서 작은 일탈을 하고 싶어 책 읽기에 빠져있을 때 '배우기만 하고 생각하지 않으면 얻는 것이 없다'는 문장은 두고두고 내 마음에 남았다.

책 읽기는 뇌를 전방위로 사용하는 행위라고 하지만, 읽기조차도 수동적으로 하고 있는 나를 종종 발견했다. 저자의 권위에 압도되어 행간을 따라가는데 급급했다. 의미를 읽고 이해하는 것으로 만족했다. 책을 읽고 든 나의 생각, 책 내용에 대한 비판은 해본 적이 없다. 책을 읽거나 외부의 강의를 듣는 등 배우는 행위는 그 자체만으로도 훌륭한 일이지만, 배움 자체로 끝나지 않고 그것이 내게 '무엇'이 되었는지 생각할 시간을 따로 만들어야겠다고 이 문장을 보며 다시금 마음을 다잡는다.

'사람이 멀리 내다보며 깊이 생각하지 않으면 반드시 가까운 근심이 있게 된다.'

— 《논어》

생각해보면, 살짝 부족하다 싶은 상태로 일을 마무리를 지으면 항상 사달이 났다. 거래처에 메일을 보내면서 확실히 모르는 부분을 '대충, 애매하게' 내 딴에는 최대한 티가 안 나게 보내놓고 나면, 항상 그 부분이 문제가 된다. 통번역할 일이 있을 때마다 모르는 부분을 모른다고 추가 설명을 해달라고 하는 것이 부끄러워서 아는 척 했다가 갈수록 태산이 된 경험은 또 어떻고. 조금 피곤한 일이긴 하지만 순간을 모면할 생각 말고 바로 물어야 하고, 바로 확인해야 한다.

나의 식탐도 얼마나 근시안적인가. 아직도 초등학생 입맛을 가진 나는 순간의 배고픔을 잘 참지 못한다. 회사에서도 간식거리를 입에 달고 사는 편이다. 몸에 좋은 음식을 찾아 먹으려는 수고가 귀찮다. 그나마 아이가 생기고 나서 정말 어쩔 수 없이(?) 요리도 하고 반찬도 조금씩 만들어 먹지만, 조금 틈만 나면 외식하기 좋아한다. '먹는 것이 바로 그 사람이다'는 말도 있는데 먹는 것에 좀 신경을 쓰고 싶다. 특히 아직도 면역력이 약한 내 아이를 위해서라도 건강한 음식을 잘 챙겨 먹이고 싶다.

〈논어〉는 '고전'이라는 무게감 때문에 쉽사리 손이 가지 않았지만 막상 읽기 시작하면서는 내 생활에 접목하며 재미있게 읽을 수 있었다. 〈논어〉의 배경 지식이 전혀 없이 주먹구구식으로 읽은 것 같아서

〈논어를 읽다〉라는 포켓사이즈의 해설서를 찾아 읽었다. 그 책에는 공자를 두고 '때를 아는 성인'이라고 표현했다. 누구보다 시대의 수요를 잘 알아서 그에 맞는 인재들을 배출해 냈다는 것이다. 나는 공자를 책만 읽고 바른 소리를 하는 성인군자쯤으로만 생각했는데 어쩌면 그는 산학을 두루 살펴볼 줄 아는 사람이었던 것이다. 요즘으로 치자면 대학 교수가 학생을 잘 가르칠 뿐 아니라 취업까지 잘 시키는 만능 플레이어 같은 모습이랄까.

고전을 한두 번 읽고 해설서 한두 권 읽는 것으로 어디서 '읽었다'는 명함도 내밀지 못할 수도 있겠다. 하지만 고전의 권위에 괜히 주눅들 필요도 없고, 처음부터 해설서만 읽어댈 필요도 없다. 일단은 내가 먼저 그 책을 시험해보는 거다. 도저히 읽을 수 있는 수준이 아니라면 그 땐 그 고전의 유명한 해설서를 같이 읽어보는 것도 좋겠다. 그 누구의 평가에 의존하지 말고 나만의 관점을 갖는 것이 중요한 일이다.

인문학人文學은 말 그대로 사람을 배우는 학문이다. 당장 인문학을 공부한다고 해서 '살림살이 좀 나아지셨습니까?'라고 질문을 받으면 할 말은 없다. 하지만 항상 보고 지나쳐 버리는 거리의 나무와 꽃, 주변 사람들을 향해 다른 시선을 던질 수 있다면, 이것만으로도 배움이 아깝지 않다.

복잡한 일상의 가지치기, 미니멀 라이프

얼마 전에 방송에서 쓰레기더미들과 같이 사는 한 할머니의 사연을 본 적이 있다. 할머니의 집은 온갖 고물더미와 살림이 뒤엉킨 데다 바퀴벌레 수백 마리가 기어 다니는 등 위생상태가 매우 심각했다. 할머니는 젊었을 때부터 남편에게 폭력을 당해온 아픔이 있었다. 정신과전문의는 할머니가 쓰레기를 방치하는 상태를 '저장 강박증'이라고 진단했다. 저장 강박증은 정서적인 욕구를 충족하지 못했을 때 나타나는 증상으로 가치가 없고 획득하기 쉬운 소유물에 집착하는 형태라고 한다. 그 할머니의 이야기를 들으며 안타까운 마음이 들었다. 한편 소유하고 있는 물건이 쓰레기로 규정되지 않았을 뿐 어쩌면 내가 물건을 사들이는 이유도 '정서적인 욕구가 충족되지 못했기 때문'이 아닌가 생각해보게 되었다.

나는 예전부터 물건을 잘 버리지 못했다. 이상하게 들리겠지만 물건에는 내 혼의 일부가 담긴 것 같은 생각이 들었다. 오랫동안 물건을 써오면 추억도 같이 담긴다고 생각했다. 그래서 서랍마다 입지 않는 옷들이 넘쳐났다. 작아서 못 입게 된 옷을 보면서는 '언젠가 살 빼면 반드시 입게 될 옷'이라며 버리지 않았다. 책들도 넘쳐나는 상태다. 가지고 있는 책꽂이만으로는 감당이 안 된다. 이미 방 구석구석, 창고에다 책을 쌓아놓고 있으면서도 처분을 못하겠다. 언젠가 다시 읽을 수도 있으니 말이다. 몇 번 중고책 사이트에 판매한 적도 있지만 이마저도 귀찮아서 하지 않고 있다. 게다가 중고책 사이트에 판매한 책을 몇 년 뒤에 다시 새 책으로 사는 사태가 벌어지고 있으니 함부로 못 팔겠다는 생각이 더 굳어진다.

이젠 아이 책까지 합세했다. 내 책이야 한두 권으로 된 단행본으로 산다지만, 아이들 책은 거의 전집으로 나온다. 전집을 들일 때마다 이미 책꽂이에 꽂힌 책들을 어찌 정리해야 하나 고민에 빠진다. 직장 다닌다는 핑계로 아직도 요리 초보인 나지만 그릇 욕심은 또 왜 이렇게 많은지, 예쁜 그릇과 컵만 보면 쟁여두고 싶은 유혹을 떨쳐내기 힘들다. 다 쓰지도 못하면서 필기구와 노트, 수첩을 계속 사들인다. 그러면서도 스마트폰으로 업데이트 되는 신상 원피스들을 열심히 살펴보고, 집안에 떨어진 생필품이 없는지 관찰한다. 아이가 입을 만한 가을 옷이 있는지 유심히 옷장을 뒤진다.

사태가 이렇다 보니 언제나 '수납할 공간'이 문제가 된다. 물건을 사고 싶어 스트레스 받고, 사놓고서는 어떻게 수납할지를 걱정하는 것이다. 이쯤 되면 정신병이 아닌가 심각하게 고민한 적도 있다.

왜 이렇게 사고 싶은 것들이 많을까? 분명 어제도 뭔가를 샀고, 엊그제도 분명히 뭔가를 샀는데 말이다. 살 때는 할인 쿠폰까지 적용을 받아 핫딜 찬스를 놓치지 않고 잘 샀다고 분명히 만족스러운 느낌이었다. 하지만 새 물건이 이윽고 헌 물건이 되고, 내 생각과는 다르게 그다지 활용되지 않을 때 후회한다.

'왜 필요하지도 않은 물건을 샀을까?' 그런 고민을 하던 차에 사사키 후미오의 〈나는 단순하게 살기로 했다〉라는 책을 읽었다. 나는 단순하게 물건을 사놓기만 하고 '정리하지 못하는' 내 성격에 문제가 있다고만 생각했다. 하지만 책을 읽으면서 더 근본적인 원인이 있음을 알게 되었다.

일본에서는 2011년 동일본 대지진 이후로 사람들의 인식에 많은 변화가 생겼다고 한다. 천재지변으로 인한 사고 앞에서는 사람들의 어떠한 대책도 속수무책이었다. 그리고 집안에 들여 둔 물건들이 지진 때는 무기가 되어 공격할 수도 있다. '단샤리斷捨離'라는 말이 크게 유행했는데 말 그대로 일상생활에 불필요한 물건을 '끊고, 버리고, 멀리' 하는 것을 의미한다. 〈나는 단순하게 살기로 했다〉에서 저자는 '왜 물건을 버리지 못하는가?'라는 질문에 대해 이렇게 이야기한다. '내면의 가치는 다른 사람에게 보여주기가 어렵고 알리는데 시간도 걸린다. 누구나 보면 알 수 있는 물건을 통해 내면의 가치를 전달하는 편이 쉽고 빠르다'고 말이다.

신혼 때였다. 개나 소나 다 들고 다닌다는 명품백이 '내게만 없다' 는 사실을 발견했다. 바로 남편을 쪼기 시작했다. 나도 결혼식에도 한 번씩 가고 친구들 만나려면 '명품백 하나쯤'은 있어야겠다고 말이 다. 가방을 전시행정용으로 쓰는 거냐며 남편은 우스꽝스러운 표정 을 지었다. 하지만 가정의 평화를 위해 하나 사주는 것이 낫겠다고 생각했는지 다음 보너스 때 결국 프라다 백을 사줬다. 당시 내 한 달 월급을 넘는 금액이었다. 프라다의 금장 로고가 박힌 가방을 보고 있 으려니 밥을 먹지 않아도 어찌나 배가 부르던지. 그런데 그런 명품백 도 평소에 사보고 메는 놈이 잘 고르는 법이다. 화사하고 예쁘다는 이유로 흰 가방을 고르고는 얼마나 후회했는지 모른다. 비가 오면 가 죽이 상할까 봐, 맑은 날엔 흰 가죽에 이염이 될까 봐 아무 옷에나 어 울려 메지를 못했다. 산 지 거의 십 년이 되었지만, 그 가방을 멘 횟 수는 열 번이나 될까? 내가 말했던 대로 정말 '결혼식장에나 갈 때' 차는 가방이 되었다.

　　내겐 처분하기가 정말 어려운 대상이 책이다. 한 번 읽고 애정을 준 책은 함부로 버리지를 못하겠다. 중고서점에 팔기도 했지만, 다시 읽고 싶은 생각이 들어 결국 새 책으로 몇 번 구입했다. 그 뒤로는 안 읽을 것이 뻔한 책까지도 처분하지 못하는 일이 몇 년째 이어지고 있다. 게다가 내게는 거실서재에 대한 로망이 있다. 이사를 가게 되 면 거실 전면의 텔레비전을 없애고 벽 한 면 전체를 전부 책으로 꽂 고 싶은 인테리어 말이다. 이 말을 들은 남편은 불만스런 표정으로 묻는다.

"이젠 책을 장식용으로 쓰는 거야? 그냥 좀 깔끔하게 살면 안 될까?"

지금까지 나는 책을 아껴서 처분하지 못한다고 생각했는데, 가만히 나의 내면을 살펴보니 과시욕이 없지 않았음을 인정한다. 그래, 솔직히 까놓고 말하자. '나 책 이만큼 읽었다. 나 이런 책도 읽어 봤다'라고 허세 좀 떨고 싶었던 거지. 사실 읽지 않은 책이 태반이라는 건 비밀이고.

얼마 전에 회사 선배가 e북 단말기를 꺼내며 보여줬다. 그 선배도 내가 책을 좋아하는 걸 아는지라 너도 써보라고 권했다. 책을 수백 권 넣어 다닐 수 있는 그 단말기는 종이 책 한 권 무게도 되지 않았다. 디자인도 예쁘고, 가격도 합리적이었다. 솔직히 종이 책 여덟 권 징도 살 돈이면 단말기를 살 수 있다. 기술이 좋아져서 예전보다 가독성도 좋고, 종이 책에서나 느끼던 손맛을 단말기로도 느낄 수 있도록 화면 감응성도 좋아졌다고 한다.

귀가 솔깃했다. 그렇지 않아도 가방이 항상 무거워서 어깨 결림이 심해지던 차였다. 나도 단말기를 구입해서 간편하게 독서를 즐길까 한참 고민했다. 그러다 결국 사지 않았다. 제일 큰 이유는 우습지만 '뭔가 남지 않아서'다. 읽었으면 책을 꽂아서 흔적을 남겨야 하는데 e북으로 읽으면 물리적으로 남는 것이 없어서. 역시 나는 허세 작렬인가.

쓰레기더미와 같이 사는 할머니의 저장 강박증을 사실은 나도 어느 정도 가지고 있음을 인정해야겠다. 내면이 공허할 때마다 아무 생각 없이 스마트폰의 쇼핑 탭에서 싸구려 옷을 고르고 있는 내게서 말이다. 옷이나 잡화에서 책으로 옮겨왔을 뿐, 내면의 허기가 느껴질 때마다 열심히 책을 들여놓은 저장 강박증을 말이다.

> '물건은 자신이 아니며, 물건을 줄였다고 해서 자신의 가치가 줄어드는 것은 아니라는 것. 줄어들기는커녕 물건에 가로막혀 정체되어 있던 자기 자신이 생기 있게 움직이기 시작했음을 깨달을 것.'
>
> – 사사키 후미오의 《나는 단순하게 살기로 했다》

이 문장에 밑줄을 긋고 가만히 주변을 둘러본다. 가만, 우선 책부터 어떻게 좀 해보자 싶은 생각이 들어서다. 책은 나 자신이 아니다. 그냥 내가 읽은 것일 뿐이다. 게다가 저 많은 책 중에 내가 두세 번씩 읽은 책은 정말 열 권도 되지 않는다. 앞으로도 나의 독서 성향상 같은 책을 반복해서 읽기보다는 새로운 책을 계속 찾아서 읽어나갈 것이다. 그러면 고민할 필요가 없지 않은가? 중고서점의 인터넷 페이지를 찾아서 편다. 판매할 책을 골라 언제까지 택배를 보내야 하는지 확인한다. 박스를 구해서 책들을 집어넣는다. 가만히 살펴보니 있어 보이려고 산 책들이 태반이다. 있어 보이려고 산 책들은 결국 몇 년이 지나도 읽지 않았고, 앞으로도 그럴 것이다. 혹시 필요할 때가 되면 그 때 다시 구입하기로 하고, 일단 처분한다.

이 참에 몇 년간 입지 않은 내 옷과 남편 옷들을 꺼내본다. 아마 다이어트에 성공해서 살을 빼더라도 이 옷을 입지는 않을 것 같다. 살빼는데 성공하면 대견한 나 자신을 위해 헌 옷 말고 새 옷을 한 벌 사주련다. 너무 오래 사용해서 걸레인지 수건인지 구분이 되지 않는 욕실의 수건들도 몇 개 처분한다. 작아져 더 이상 입지 않는 아이 옷도 추억이 서려 있다고 그대로 옷장에 박아두었지만, 다시 꺼낸다. 깨끗한 옷들을 추려 친구 딸에게 보내줘야겠다.

작은 정리지만 하고 나니 속이 후련하다. 꽉꽉 눌려 있던 책, 옷들마다 얼마나 주인장인 나를 욕해 왔을까. 쓰임을 받는 것도 아니고, 몇 년째 방치해두었으니 말이다.

의미 없이 '네이버'의 쇼핑 탭을 누르고 있는 엄지손가락에게 명하노라. 내 마음의 허기를 채우기 전엔 쇼핑을 금하노라.

제**3**장

멈추지 않는 시간을 위하여

○
미라클 모닝

새벽 다섯 시. 알람이 울린다. 조금 더 자고 싶어서 이불 속에서 잠깐 고민하다가 이내 결심한 듯 자리를 박차고 나온다. 지금부터 1시간 반에 이르는 시간은 온전히 나를 위한 것이다.

아침에 일어나자마자 할 일들을 수첩에 기록해두고, 실천했으면 O표시를 한다. 이렇게 하면 한눈에 아침을 어떻게 맞았는지 돌아볼 수 있다.

✚ 나의 미라클 모닝 리스트

- 5시 기상(취침시간이 늦을 경우 6시)
- 1분 명상
- 1개 윗몸 일으키기
- 1잔 물 마시기
- 2줄 감사 일기

- 신문보기(시간이 없으면 제목만이라도)
- 1줄 확언과 긍정의 문장쓰기
- 1문장 읽은 책 필사
- 30분 공부/ 글쓰기
- 아침 챙겨먹기

이처럼 약 10개의 리스트들을 정해두고 매일 아침 실행 여부를 체크한다. 물론 X표로 가득할 때도 많았다. 하지만 크게 개의치 않는다. 조금씩 좋아지리라고 믿었고, 실제로 아침 습관이 몸에 자연스럽게 배어가고 있기 때문이다.

최근 큰 화제를 모았던 할 엘로드의 〈미라클 모닝〉은 아침시간만 앞당기도록 독려하는 자기계발서가 아니다. 아침시간을 어떻게 보낼 것인지 고민하게 만드는 책이다. 그리고 단 삼십 분 만이라도 자기만의 시간을 꾸준히 갖는다는 것이 얼마나 생활을 윤택하게 만드는지 경험하게 하는 책이다.

십 년도 더 전에 〈아침형 인간〉이라는 책의 유명세와 함께 전 국민 아침 일찍 일어나기 운동이 벌어진 적이 있다. 하지만 금세 열기는 가라앉고 말았다. '몇 시에 일어날까'만 고민하느라 '왜 일찍 일어나는가' 그리고 '그 시간에 무엇을 할 것인가'는 깊이 고민하지 않았기 때문이다. 사실 기상시간은 크게 중요하지 않다. 중요한 건 하루의 시작점인 그 시간을 '어떻게 보내느냐'이기 때문이다.

내가 본격적으로 미라클 모닝을 실천한 시기는 2016년 6월부터다. 그 전까진 나도 출근시간 직전에 기상해서 5분간 화장을 하고, 빵을 입에 대충 물고 전철역으로 내달리기 일쑤였다. 이렇게 아침을 맞을 때는 무력감이 크게 들었다. 지옥행 열차를 연상케 하는 출근길 전철. 발만 붙이고 겨우 서서 앞뒤 사람과 최대한 닿지 않도록 몸을 배배 꼬며 '너무 지겹다'는 생각을 했다. 이 지겨운 생활은 대체 언제까지 계속되는 걸까라는 신세한탄으로 이어지면서.

그러다가 블로그 이웃의 〈미라클 모닝〉 서평을 읽게 되었고, 그 길로 바로 책을 구입했다. 집 나간 지 오래된 열정이 되살아나는 것 같았다. 그 다음날부터 바로 실천하기로 마음먹었다. 그런데 일어나서 딱히 할 일이 없었다. 약 2시간을 책만 읽고 있자니 지루하기도 했다.

다른 사람들은 아침시간을 어떻게 활용하고 있을지 궁금해져 검색해봤다. 그리고 '햇살 같은 꿈'이라는 아이디를 가진 블로그 이웃을 만났다. 그녀는 아침시간을 어떻게 활용하고 있는지 리스트 사진까지 첨부해 상세히 설명해줬고, 그 리스트는 내게 큰 도움이 되었다. 모든 창조는 모방에서 시작된다고, 일단 그녀의 리스트를 그대로 베껴왔다. 그리고 반년 남짓의 시간에 걸쳐 리스트는 내게 맞게 수정되었다. 약 1년간 실천해보니 '아침시간을 어떻게 보내느냐'에 따라 하루의 만족도가 크게 달라진다는 걸 경험했다.

- 1분 명상 : 바닥에 앉아 1분간 조용히 눈을 감고 침묵한다. 무념인 상태에서 배로 길게 호흡하고, 그 호흡에만 집중한다. 그 순간 가슴 벅찬 기쁨이 느껴진다. 겨우 1분에서 5분 남짓 사이의 시간이지만, 그 시간을 통해 좀 더 아침을 맞는 여유가 생긴다.

- 1개 윗몸 일으키기 : 사실 운동을 다니기가 쉽지 않아 궁여지책으로 넣은 것이다. 그런데 생각보다 효과가 있다. 윗몸 일으키기의 최소 실행 개수는 1개이지만, 막상 1개를 하면 기분이 좋아지면서 10개를 다 채우게 된다. 익숙하지 않은 이른 아침의 명한 정신을 깨우는데도 효과만점이다.

- 1잔의 감사한 물 마시기 : 아침에 일어나서 마시는 물은 보약과 같다고 한다. 자는 동안 쌓인 노폐물과 간장에 쌓인 독을 용해시켜 주기 때문이다. 벌컥벌컥 마시기보다는 천천히 씹어 먹듯이 음미하며 마시는 것이 좋다. 그리고 물에게 고맙다고 인사한다. '내 몸에서 더 열심히 일해 줘'라고 독려하면서.

- 2줄 감사 일기 : 아침에 빼놓을 수 없는 중요한 일과다. 감사 일기 쓰기는 불평을 잠재우는 데 탁월한 효과가 있다. '출근길의 환승 타이밍이 기가 막히게 잘 맞았다. 늦게 나왔는데 여유 있게 도착해서 감사하다.' '남편이 부탁하지 않아도 알아서 음식물 쓰레기를 버려준다. 내가 정말 싫어하는 일인데 항상 먼저 해주니 감사하다' 등 아주 사소한 것들이 대부분이다. 처음에는 불평불만으로 가득 찬 내 태도를 고치기 위해 시작한 감사 일기

였다. 하지만 일기를 쓰기 위해 전날 있었던 일을 가만히 돌아볼 수 있는 여유가 생긴다. 돌아보면 감사할 거리가 얼마나 많은지 모른다. 또 그 일들이 기록으로 남으니 내 작은 역사가 된다. 감사 일기를 쓰고 난 후에 요즘 예쁜 말을 쏟아내는 5살 딸아이의 주옥같은 한마디를 적어놓는다. 말이 늦어 마음 고생했던 것은 기우였구나 싶을 만큼 매일 조잘조잘 떠드는 아이를 보면 감탄이 나온다. 어느 날 퇴근 후 너무 힘들어 바로 침대에 쓰러져 누워 있었더니 "엄마 힘들어? 걱정 마. 하은이가 있잖아" 하는데 눈물이 핑 돌았다. 이런 한마디 한마디를 잊지 않으려고 기록한다.

- 신문보기 : 이지영의 〈엄마의 돈 공부〉라는 책을 읽고 바로 신문을 구독했다. 사실 인터넷 뉴스로 최신 기사를 접할 수 있어서 종이 신문 구독료가 아깝단 생각이 들었다. 하지만 인터넷 뉴스는 신속성에 비해 가독성 면에서는 그다지 효과적이지 않다. 읽어도 집중이 잘 되지 않는다. 분명 경제 뉴스를 클릭했는데 어느 사이엔가 연예 뉴스로 넘어와 읽고 있다. 특별히 경제통이될 생각이 아니더라도 최소한의 경제, 정치 이슈와 트렌드는 알아두려고 노력한다. 기상이 늦어져서 꼼꼼히 신문을 살펴보기힘들면 큰 제목만이라도 살펴본다. 글쓰기 선생님이 글쓰기 실력을 키우는데 신문 사설만한 것이 없다고 해서 오려두었다가지하철에서 틈틈이 읽는다.

- 1줄 확언쓰기 : '나는 사람들에게 따뜻한 말, 열정을 주는 작가다.' '나는 무역 분야의 전문가다.' '나는 사람들의 아픔과 상처를 책과 더불어 보듬어주는 독서 치료사다.' 그동안 적은 문장 중에 아직 제대로 이뤄낸 것은 없지만 항상 현재형으로 적는다. 나는 생각한 대로 이끌어 갈 수 있는 사람임을 믿는다.

- 1줄 적기(읽은 책 필사) : 필사는 수동적인 내 삶을 어떻게든 능동적으로 바꿔보려는 작은 시도 중 하나다. 책도 수동적으로 작가가 하는 말만 이해하며 읽으면 머리에 남는 것이 없다. 표시하고 밑줄 그은 문장을 따져도 보고, 따라 써본다. 그러면 나의 문장이 된다.

- 30분 공부/ 글쓰기 : 의외로 아침 공부가 효율이 좋다는 걸 알았다. 일단 출근시간 전에 끝내야 한다는 압박감에 집중력이 높아진다. 30분~1시간씩 두어 달을 공부했고, 업무 관련 자격증 2개를 취득했다. 낮에는 회사에서 풀 근무, 저녁에는 육아하는 엄마 모드라 좀처럼 공부할 시간이 없기에 새벽시간을 이용할 수밖에 없었다. 작은 성과이긴 하지만 일단 눈으로 확인 가능한 결과가 생기니 무척 고무되었다. 그 후로 미라클 모닝의 열렬한 신도가 된 것 같다. 자격증 공부를 하지 않는 요즘은 글을 쓴다. 주로 블로그에 읽은 책의 서평을 올리고 있다.

- 아침 챙겨먹기 : 가능한 한 아침을 챙겨먹고 나온다. 아침을 굶을 경우에 점심과 저녁에 폭식하게 되어 건강은 물론 다이어트에

도 비효율적이라는 이야기를 들어서다. 확실히 아침밥을 든든하게 먹고 나오면 출근해서 쓸데없이 주전부리를 챙기는 일이 적다.

미라클 모닝이 절실했던 이유는 하루 24시간 중 나만의 시간이 1분도 없었기 때문이다. 매일매일 충전 없이 방전만 되는 기분이었다. 출근 직전에 쫓기듯이 일어나 만원 전철에 몸을 싣고, 회사에선 쏟아지는 일들을 분주하게 처리하느라 정신이 없다. 퇴근하면 아이와 짧은 시간이라도 집중해 놀아주느라 몸은 파김치가 된다. 엄마가 고픈 아이의 취침시간은 언제나 늦다. 조금만 더 놀겠다고 떼쓰는 아이를 겨우 재우고, 나도 쪽잠을 잔다. 그리고 또 다시 아침. 다람쥐 쳇바퀴 도는 것 같은 일상의 반복에 변곡점이 필요했다.

할 엘로드의 〈미라클 모닝〉을 만난 후 내 삶의 만족도가 달라졌다. 아침에 잠깐 시간을 내어 하는 명상, 기도, 윗몸 일으키기, 확언쓰기까지 30분도 걸리지 않는 이 작은 행동들이 내게 이렇게 큰 만족감을 준다는 걸 이전에는 전혀 알지 못했다.

나는 절대 아침형 인간으로는 못 산다고, 타고난 야행성 인간이라고 말하는 사람들은 밤의 일정 시간이라도 꾸준히 나만의 시간을 확보해서 실천해가면 좋겠다. 하지만 밤 시간은 변수가 너무 많다. 예정에도 없이 회식이 잡히고, 약속이 생긴다. 밤에 하는 드라마며 예능방송은 왜 그리 재미있는 것이 많은지….

모두가 잠든 새벽에 나 혼자 깨어 은밀한 밀회를 즐기는 느낌, 잃어버렸던 나를 되찾는 느낌은 황홀하기까지 하다. 꾸준한 미라클 모닝 리스트의 실천과 농밀한 독서시간이 축적되어 가며 나의 자존감을 높여간다. 하루하루 소모되는 느낌으로 살아가는 그 누구라도 아침 30분의 여유와 기적을 만나보라고 꼭 말해주고 싶다.

낙숫물이 바위를 뚫는다니까!

　　나는 지금껏 1년 남짓 꾸준히 미라클 모닝을 실천하고 있지만, 사실 큰 부담일 때도 많았다. 우선 기상시간을 새벽 5시로 정해 놓고 나니 제때 일어나지 못하면 죄책감마저 느껴졌다. 사실 새벽 5시는 그 전날에 늦어도 밤 11시에는 잠들어야 맑은 정신으로 일어날 수 있다. 하지만 내가 11시에 잠들 수 있는 날은 그리 많지 않았다. 아이랑 놀아주다가 11시를 넘기는 일이 잦은 데다 회식이나 오랜만에 약속이라도 잡힌 날은 취침시간이 12시를 넘기기 일쑤였다.

　　게다가 처음엔 아침에 실천하는 리스트들의 목표 개수도 전부 10개씩이었다. 명상 10분, 윗몸 일으키기 10개, 감사 일기 10줄, 신문 꼼꼼히 읽기 등. 하지만 10개씩 하려니 부담이 되었다. 체크 리스트에 O대신 X가 많은 날은 패배자가 된 기분이었다. 한동안 미라클 모닝도 슬럼프에 빠져 아예 리스트를 체크하지 않는 날도 생겼다. 무엇이 문제일까 고민하던 중에 지수경의 〈인생을 바꾸는 아주 작은 습관〉이라는 책을 읽었다. 저자는 평범한 가정주부였다. 팔굽혀펴기 1개도 할 수 없던 저질 체력, 무기력증으로 힘들어 했던 저자가 하루 물 1잔 마시기라는 최소습관을 적용한 이후 삶이 바뀌는 체험을 설명한 책이다.

이 책에는 하버드대학의 테레사 에머빌 교수가 연구한 어떤 환경에서 창의성이 제일 높은가 하는 실험 사례가 나온다. 업무에 필요한 지원을 받거나, 사내에서 좋은 경험을 하는 것, 그리고 업무에서 작은 성공을 경험하는 것 중 단연 '작은 성공 경험'이 창의성을 발현하는 최고의 환경적 요인으로 꼽혔다.

나는 내 미라클 모닝 리스트를 검토해보았다. 너무 목표를 높게 잡은 것은 아닌지 말이다. X표가 한 번 그어지면 의욕까지 상실될 정도로 실행 여부에 상당히 민감한 나인데…. 나도 최소습관을 적용하기로 하고, 체크 리스트의 실행 개수를 전부 1개로 적었다. 그러니까 뇌가 '얘 뭐 새로운 거 하나?'라고 느끼지 못할 만큼만 하는 거다. 그 변화를 느끼지 못할 만큼 아주 사소하게 딱 한 개만.

늦게 잠든 날은 6시 기상, 1분 명상, 1개 윗몸 일으키기, 1줄 감사일기, 신문 제목만 훑어보기. 이렇게 목표를 하향 조정하고 나니 내 체크리스트에는 O가 가득해졌다. 재미있는 건 목표를 한 개만 정했지만 하다 보면 흥이 나서 초과달성하게 된다는 사실이다. 몇 개 더 하고 싶은 날은 그렇게 하지만 무리는 하지 않는다. 윗몸 일으키기의 접신이라도 한 것처럼 몸이 가뿐한 날이라도 갑자기 30개씩은 하지 않는다는 얘기다. 뇌가 알아채면 또 저항할 수도 있으므로.

내가 최소습관을 적용한 또 다른 팁은 아이의 밥 먹이기 습관이다.

'아이들에게도 최소행동은 전혀 부담이 없기 때문에 습관으로 길들이기에 아주 좋다. 밥을 먹기 싫어하는 딸을 위해 처음에는 두 숟갈로 시작했다. 지금도 조금은 편식을 하는 편이지만 아예 먹지 않았던 때를 생각하면 밥 한 그릇을 뚝딱 먹을 수 있게 된 것은 모두 최소습관 덕분이라고 할 수 있겠다.' — 지수경의 《인생을 바꾸는 아주 작은 습관》

이 문장을 읽으며 나도 징그럽게 밥을 먹지 않는 내 딸아이를 떠올렸다. 큰 수술을 받고 너무 힘들어서 그 어린 나이에 밥맛을 잃은 건지 모르겠지만 모유와 분유를 먹던 아기 때부터 먹는 문제로 속을 썩였다. 6개월 된 아기를 안고 한의원까지 갔을 정도다.

"얘가 젖도 안 먹어요. 어쩌면 좋죠?"

모유가 아닌 분유라면 좀 먹을까 싶어 산양분유, 독일제 분유, 초유 성분의 영양제 등 정말 안 먹여본 것이 없다. 결과는 참패였다. 이유식을 거쳐 성인 밥과 동일하게 먹는 지금도 밥을 많이 먹지 않는다. 자연히 평균체중에도 못 나가는 아주 날씬한 몸매를 유지하고 있다. 어떻게 하면 많이 먹일 수 있을까를 고민하던 나는 지수경의 '두 숟갈 최소습관'이라는 팁을 읽고 곧바로 적용했다. 딸아이가 딱 두 숟갈만 먹어주면 더 이상 강요하지 않았다.

'그래 두 숟갈 먹었으니, 이제 네가 알아서 해.' 먹으라고 강요하지 않으면 저가 알아서 몇 숟갈을 더 먹었다. 나도 두 숟갈이라는 목표치를 이루어서 마음이 편하고, 딸아이도 먹는 걸로 스트레스를 받지 않으니 스스로 조금 더 먹으려 했다. 최소습관을 적용한 지 6개월이 지난 지금, 아이는 밥 반 공기 정도는 먹게 되었다. 최소습관이란 이렇게도 적용할 수 있구나 싶은 팁을 얻어 참 고마웠던 책이다.

내가 아침에 실천하는 리스트 말고도 하루에 걸쳐 실천하는 리스트가 몇 개 더 있다.

- 지하철 하루 30분 독서
- 딸에게 책 1권 읽어주기
- 딸의 폐가 완전히 건강해지는 모습 10초 상상하기
- 딸과 남편에게 사고축(사랑해, 고마워, 축복해) 1번 말해주기
- 일주일에 1번 헬스장 가기
- 일주일에 1번 저녁 단식

이 리스트도 처음에는 목표가 훨씬 상향되어 있었다. 하루 1시간 이상 독서하기, 딸 아이 책 하루에 5권 이상 읽어주기, 일주일에 3번 운동가기 등. 그런데 매일 그렇게 실천하기는 불가능했다. 그래서 이 리스트의 목표치도 확 낮추었다. 그랬더니 확실히 실천 횟수가 높아

졌다. 부담이 없기 때문에 이 리스트들은 나름대로 잘 실천하고 있다. 딱 하나, 일주일에 1번 이상 단식 빼고 말이다. 내 건강을 위해 저녁에 폭식하는 습관을 고쳐보기 위해 단식도 넣어봤는데, 좀 더 효율적으로 실천할 수 있는 방법을 연구해 봐야 할 것 같다.

그렇게 최소습관에 관심이 생겨 관련 책들을 찾아보던 중 스티븐 기즈의 〈습관의 재발견〉이라는 책을 발견했다. 많은 자기계발서는 어떤 일을 실행하는데 '의욕'과 '동기부여'를 강조한다. 그런데 이 책에서는 '동기와 의욕은 흐르는 물에 지은 집 같기에 믿을 만한 전략이 못 된다'고 말한다. 일단 몸이 조금만 피곤해도 원하는 만큼 동기와 의욕을 불어넣기가 쉽지 않기 때문이다.

우리는 이성적 판단에 의해 살아간다고 생각하지만, 사실 감정이 우리에게 주는 영향력은 막대하다. 또한 스트레스를 받는 상황에서 사람들은 이성적으로 생각하기보다 어제까지 해왔던 일들을 습관적으로 선택하게 된다고 한다. 그러니 새로운 변화를 시도할 때 무조건 동기와 의욕만 앞세우려 해서는 장기전으로 갈 수 없다. 차라리 좋은 습관들이 어떤 상황에서든 자동적으로 튀어나오도록 하는 것이 효율적이다.

새로운 일을 하려고 할 때마다 뇌에서는 기본적으로 저항하려는 움직임을 보인다. 뇌는 익숙한 것을 좋아하고, 하던 대로 하려는 습성이 있기 때문이다. 따라서 뇌가 알아차리지 못할 정도의 아주 사소한 것부터 시작하는 것이 핵심이다.

사실 윗몸 일으키기 1개, 명상 1분을 리스트라고 공개하는 것이 너무 구차하다고 생각할 수도 있다. 하지만 중요한 건 1개, 1분을 목표로 정했더니 하기 싫다는 생각이 들지 않았다는 것이다. 대단한 의지를 발동시키지도 않았다. 뇌가 저항하지 않았다는 말로도 표현할 수 있다. '기저핵基底核은 작은 걸음에 대해서는 경계심을 보이지 않고 오직 급격한 변화에만 방어하고 나선다'는 저자의 말이 최소습관을 실천할 때마다 이해가 되었다.

　나는 미라클 모닝 리스트에 더 많은 일들을 계획하고 적을 수도 있지만 일단 그렇게 하지 않았다. 우선 저 사소한 리스트가 완전히 내 습관들로 정착되어 작은 성공 경험이 더 많이 쌓이길 원하기 때문이다. 그리고 완전히 내 것이 되었을 때 뇌가 알아차리지 못할 만큼 사소한 다른 습관들을 업데이트 시킬 것이다. 뇌기 지항하지 않을 만큼만 실천해갈 것이다. 낙숫물에 바위가 뚫리듯 너무 사소해서 구차해 보이기까지 하는 습관들이 내 인생을 변화시킬 것이라 믿는다.

　하지만 일주일에 한 번씩 단식하기는 아직 나의 뇌가 크게 거부하고 있는 모양이다. 하긴 이렇게나 식탐이 많고, 먹는 걸로 스트레스를 푼다고 공공연하게 말하고 다니는 나이니까 말이다. 일단 '굶는다'는 말로 뇌가 바로 거부하게 만들지 말고, 우선 '한 숟갈'만 덜어내기부터 실천해야겠다. 식사량이 워낙 많으니 딱 한 숟갈을 덜어내도 크게 티가 나지 않겠지만, 그 한 숟갈이 배가 고프지 않은 어느 날은 두 숟갈이 되기도 할 것이다. 그러다 보면 내 건강을 위해 단식도 가능하고, 식사량을 줄여가기도 하는 결과로 내 앞에 나타날 것이다. 당장 오늘 점심 식사부터 딱 한 숟갈만 덜어내 봐야겠다.

출근길 아침, 오늘도 카톡의 글쓰기 모임방은 힘내라는 격려와 좋은 글귀로 가득하다. 마침 한 분이 습관에 관한 좋은 글귀를 보내주셨다.

'삶의 질은 당신의 습관에 의해 결정된다.'

출근시간에 쫓기지 않고 나만의 최소습관들로 여유 있게 아침을 맞는 습관, 회사에서도 사소해 보이는 부분까지 끝까지 잘 마무리하는 습관, 남편과 아이에게 건네는 사소하지만 따뜻한 말 한마디의 습관, 전철에서 스마트폰으로 시간을 때우는 대신 책 한 권을 준비하는 습관. 작고 사소한 습관들이 나를 조금 더 성장시킨다.

매 순간 내리는 결정과 선택은 갑자기 새롭게 이루어지는 것이 아니다. 내가 항상 습관적으로 생각하고, 행동하는 것으로부터 기인하는 것이다. 내가 내린 결정과 선택들이 이룬 결정체가 나의 삶, 인생이다. 결국 삶이란 사소한 습관들의 결론이다. 그러니 살면서 가장 중요한 일이란 중요한 습관을 많이 만드는 것이다.

'습관'을 인터넷 백과사전으로 찾아보니 '같은 상황에서 반복된 행동의 안정화 또는 자동화된 수행'이라고 한다. 일부러 의식하지 않아도 툭툭 튀어나오는 좋은 습관들을 평생 만들어가고 싶다. 이미 고착된 나쁜 습관을 고치기는 너무 어렵다. 반복된 행동으로 이미 몸에 자연스럽게 달라붙어 버렸기 때문이다.

인터넷에서 '생활습관이 좋은 여성이 나쁜 여성에 비해 얼굴이 10년 이상 젊어 보인다'는 글을 읽은 적이 있다. 좋은 습관을 가지는 것이 보톡스나 필러 같은 시술을 받는 것보다 효과가 좋다는 것이다. 충격적인 건 여성이 얼마나 늙어 보이는지의 33%는 생활습관이 결정한다는 사실이다.

나는 하루에 4~5잔의 커피를 입에 달고 산다. 덕분에 하루에 물한 잔도 겨우 마시는 듯하다. 커피가 없으면 아침 업무가 힘들 정도로 커피 홀릭인 내게 갑자기 커피 끊기, 하루에 1리터의 물마시기를 강요하면 절대 실천하지 못할 것이다. 뇌가 반항하지 않도록 커피 딱한 입만 줄여보기, 물도 딱 1잔씩 마셔보기로 목표를 하향 조정한다.

구부정히게 앉지 않고 허리를 쫙 펴고 비른 지세로 앉기, 미간에 주름지도록 인상 쓰지 않기는 내가 요즘 회사에서 신경 써서 실천하고 있는 사소한 습관 리스트의 하나다. 아주 작은 습관들 덕분에 돈들이지 않고도 외모까지 관리할 수 있다니 얼마나 이득인지!

가랑비에 옷 젖는 줄 모른다고 사소한 나쁜 습관들이 지속되었을 때는 끊을 수 없는 중독이 된다. 반대로, 사소한 좋은 습관들이 지속되면 내 삶을 변화시키는 불씨가 된다. 나의 반복되는 사소한 행동하나도 주의 깊게 지켜볼 일이다.

올해는 다이어트 성공

나는 고등학교 때부터 교회를 다녔다. 영과 혼과 육이 존재한다는 걸 믿었고, 육(내 몸)은 언제나 충동적이기에 억누르고 조절해야 하는 존재라고 배웠다. 영이 육보다 훨씬 우월하기에 내가 중요하게 돌볼 것은 육이 아닌 영이었다.

이런 사고방식은 대학생이 되었을 때도 변함이 없었다. 스무 살이 갓 넘은 예쁜 나이에 나는 항상 사제처럼 입고 다녔다. 위아래로 올 블랙 패션. 가끔 엄마로부터 "너는 여대생이 좀 예쁘게 하고 다니지, 그게 뭐냐"라는 핀잔을 듣기도 했지만 개의치 않았다. 외모 꾸미기보다 더욱 중요한 것은 나의 내면이라고 생각했기 때문이다.

그렇다고 내면을 잘 관리했느냐고 묻는다면 자신 있게 대답을 못하겠다. 불안정했던 스무 살의 충동이 위태위태하게 겨우 중심을 잡고 있었던 느낌이었으니까. 사실 스무 살이면 아직 한참 어린 나이다. 올 블랙 패션과 심각한 얼굴을 하고 돌아다녔지만, 사실 나도 그 외에 달리 어찌할 줄 몰라 그랬었지 싶다.

내게 육체는 이겨내야 할 대상이 아니라 '가꾸는 대상'이라는 걸 깨닫기까지 아주 오래 걸렸다. 그 후로도 외모 가꾸기에 별로 관심이 없었고, 사실 지금도 그렇게 잘 꾸미고 다닌다고는 할 수 없다. 화장은 10분 이상 해본 적이 없고, 손톱 관리를 위해 그 흔한 네일숍 한번 가본 적도 없다. 피부과에서 시술을 받아본 적도 없다. 연말에 딱 한 번 가는 미용실에서 보내는 시간조차도 참지 못할 정도로 힘들다. 다이어트는 죽을 때까지 나의 지상과제로 남을지도 모르겠다. 잠깐 다이어트에 성공했다가 바로 요요현상을 맞곤 한다.

지금도 썩 만족스럽게 내 자신이 외모를 관리하고 있다고는 말 못 하겠지만, 외모는 내면만큼이나 무척 중요하다는 생각은 확실히 바뀌었다. 가만히 주위를 살펴보니, 외모를 잘 기꾸는 사람이 내면까지 단정한 경우가 많았다. 키가 170cm도 넘는 내 동생은 한눈에 보기에도 항상 늘씬하고 좋은 스타일을 유지하고 있다. 남자들 중심의 건축 분야에서 치열하게 일하고, 해외 출장도 잦지만 그 빡빡한 일상에서도 흐트러지지 않는 멋진 스타일을 항상 유지한다. 동생을 볼 때마다 '일에 대한 열정이 고스란히 외모로도 드러난다'는 생각이 자주 든다.

우리 회사의 H도 그렇다. H는 화려한 화장이나 장신구를 하지 않지만 그녀에게 잘 어울리는 스타일을 안다. 단아하지만 세련된 복장과 성실한 업무 태도까지 더해져 그녀에 대한 업무평가도 무척 좋다.

그리고 〈인문학 습관〉이라는 책을 쓴 윤소정. 나는 그녀의 책이 궁금하면서도 편견 때문에 계속 읽지 않고 있었다. 그 편견이라는 건 '표지에 나온 사진이 너무 예뻐서'다. 좀 우스운 말이지만 너무 예쁜 여자는 전문성이 결여되어 보인다고 나도 모르게 이상한 편견을 갖고 있었다. 게다가 1988년생이면 이제 겨우 서른을 넘긴 나이인데, 무슨 패기로 인문학을 말하는가 싶었다.

하지만 책을 읽고 나서 난 그녀를 스승으로 모시고 싶어졌다. 나보다 나이는 여덟 살 어리지만 마음의 그릇은 여덟 배로 컸다. 오래 전부터 교육 컨설팅 회사를 운영하고 회사와 직원, 교육생들을 대표로서 바라보는 그녀의 그릇은 십 년 넘게 월급쟁이로 살아가며 월급날인 25일만 바라보는 나의 그릇과는 비교가 되지 않는 것이었다. 그녀는 내면뿐 아니라 외모도 잘 가꾼다. 그녀의 블로그에 남긴 '아름다움'이라는 기록이 인상적이기에 옮겨본다.

'다이어트를 다시 하지 않도록, 몸무게 유지시키는 습관(6시간 수면, 꼭꼭 씹어 먹기, 매일 아침 몸무게 재기)'

'쇼핑하는데 돈을 아끼지 않을 것(최소 3년 이상 입을 수 있는 옷만 사기, 나를 꾸미는 것에 인색해지지 않기)'

'피부 관리를 보다 더 열심히(바쁘니깐 홈케어 위주로 하는 것들을 소홀해지지 말자)'

자신의 외모까지 철저하게 관리하면서 자신의 일을 멋지게 해내는 여성은 TV 드라마에서나 나온다고 생각했었다. 그 드라마를 집필하는 작가들은 제대로 직장생활을 해본 적이 없을 테니 주인공들이 저렇게 현실성 없는 대화를 하는구나 하면서 말이다. 하지만 〈인문학 습관〉의 윤소정은 외모와 반비례하는 전문성이라는 나의 편견을 거침없이 깨줬다.

다이어트는 오랜 기간 나의 고민거리다. 나는 168cm로 키가 큰 편인데, 살까지 쪄버리면 거의 남자 수준의 덩치가 된다. 나의 작은 로망이라면 아담한 다른 여자들처럼 어깨 깡패인 남자의 품에 안기는 것이다. 이미 초등학교 6학년 때부터 160cm를 넘어 한 번도 작아본 적이 없던 내게 그런 로망은 실현되지 않았다. 결국 180cm가 넘는 남편을 만나 다행히 굽 있는 신발 정도는 신고 다닐 수 있게 되었다.

미국 방송계의 거물인 오프라 윈프리는 평생 과체중으로 인한 스트레스에 시달렸다. 다이어트에 성공했다가 다시 40kg이 넘는 요요 현상 앞에 무릎을 꿇어야 했던 그녀는 이런 말을 한다.

"내 체중에 문제가 있었던 건 식습관도, 과중한 업무도, 갑상선 기능 저하 문제도 아니었다. 그건 내 삶의 불균형이 문제였다. 일은 많고, 쉬는 시간은 적고, 마음을 차분하게 가다듬을 시간이 없었기 때문이다. 이 기간 동안 했던 다이어트는 전부 실패로 돌아갔다. 삶이 불균형하단 사실을 몰랐던 것이다."

나 역시 여성 헬스장을 등록해서 꾸준히 일주일에 한두 번씩 운동을 다녔지만 별 효과가 없었다. 운동을 다녀오면 식욕이 더 좋아져 저녁에 폭식을 하기 때문이다. 더운 여름 날 운동하고 집에 가는 길은 어찌나 맥주가 마시고 싶던지…. 좀 더 근본적인 원인을 따져보니

'뭔가 욕구불만 상태에 있을 때' 별 의식 없이 뭔가를 먹고 있는 나를 보게 되었다. 회사에서 직장동료와 말다툼이라도 했거나, 업무를 깔끔하게 끝내지 않고 퇴근했을 때, 이런저런 걱정거리로 마음이 개운하지 않을 때 밥을 먹고도 주전부리를 찾아 또 먹고 있었다. 이러니 운동을 하고도 전혀 효과를 볼 수 없었다.

이상한 건 내가 살이 찌면 남편도 같이 찌고, 내가 다이어트에 잠깐 성공하여 살이 빠지면 남편도 같이 빠진다는 것이다. 물론 둘이 같이 식사를 하기에 식습관에 달린 문제일 수도 있지만, 어쩌면 나의 불만스러운 감정이 남편에게도 옮겨가 같이 폭식을 하게 된다는 생각이 들었다.

사실 다이어트는 단순 과식으로 인한 결과가 아니다. 폭식과 습관적인 야식은 불편한 나의 마음과 감정 상태를 그대로 몸에 투영시킨 행위다. 그러니 단순히 '먹지 말고 굶자'로는 장기전으로 갈 수 없다. 불편한 마음을 읽어주고 풀어주는 것이 우선이다. 최명기 원장은 〈게으름도 습관이다〉라는 책에서 게으름의 원인을 감정으로 진단하고 있지만 게으름뿐만이 아니다. 내가 오늘 던지는 말과 행동, 판단 전부가 지금 내 감정과 깊게 연관되어 있다. 그러니 제일 중요한 건 일단 '지금 내 기분이 어떤가'를 살펴보는 일이다.

날씬해지기 위해 다이어트를 하는 것이 아니라 내 몸이 건강해지기 위해 한다는 오프라 윈프리의 말처럼, 나 자신을 위해 다이어트가 필요하다는 생각이 든다. 날씬한 몸매는 사람들에게 부지런하고 자기관리를 잘한다는 인상을 주기도 한다. 하지만 보다 근본적으로 내 몸과 마음이 균형 잡힌 상태라는 방증이 되기도 한다.

나는 유방암 가족력이 있어서 6개월마다 한 번씩 초음파 검사를 받는다. 유방암은 다른 암과는 다르게 후천적인 관리가 거의 실효를 보지 못한다. 100% 가깝게 유전력에서 기인한다. 담당 의사의 말로는 꾸준히 체중관리를 하는 것이 유일하게 후천적으로 관리 가능한 부분이라 한다. 이렇게 다이어트를 해야 할 이유가 분명한데도 나는 아직 다이어트 효과를 보지 못하고 있다. 하지만 나의 몸과 마음이 동떨어진 것이 아니라 하나로 이어진 유기체라는 사실을 분명히 깨달았으니 실행도 전과는 같지 않을 것이다.

아주 작은 변화라 아직 주위 사람들이 전혀 깨닫지 못하고 있지만, 난 요새 '박스 스타일의 헐렁이 원피스'를 안 입으려고 노력 중이다. 뱃살도 가려주고 위에서부터 뒤집어 입어주면 끝인 헐렁이 원피스를 난 무척 좋아했다. 하지만 편한 만큼 입고 나면 어쩐지 나의 마음도 헐렁해져 버리는 느낌이다. 그래서 처음 입사했을 때처럼 혹시나 실수하지 않을까 긴장하고 조심하던 그 마음을 지금 다시 데려와야겠다는 생각이 든다. 불편한 옷은 질색이라 풀 정장까지는 못 입는다 하더라도 요즘은 세미 정장 스타일로 입으려고 노력한다.

'몸은 당신이 사는 집이다. 지식이나 영혼도 건강한 몸 안에 있을 때 가치가 있다. 몸은 겉으로 보이는 마음이다. 몸 상태를 보면 그 사람의 마음

상태를 알 수 있다.'

– 김주미의 《외모는 자존감이다》

마흔 살이 다 된 아줌마가 뒤늦게 몸과 마음에 관심을 갖던 중 〈외모는 자존감이다〉라는 책이 눈에 들어왔다. 몸도 마음도 조화로운 사람. 다이어트보다 우선하여 '내'가 되고 싶은 사람이다.

거북이처럼 꾸준히 그리고 진득하게

초등학교 3학년 때 같은 반이었던 S는 청각장애인이었다. 선천적으로 귀가 들리지 않아 항상 보청기를 껴야만 했다. 청각의 영향인지 말도 조금 어눌했고, 약간 혀가 짧은 듯한 소리를 냈다.

하지만 우리 중에 그녀를 놀리거나 손가락질하는 친구는 아무도 없었다. S는 신체적인 불편함에도 불구하고 반에서 1, 2등을 놓치지 않았다. 그녀의 엄마 또한 대단한 열성으로 그녀를 도왔다. 매일의 등하교는 물론이고 모든 학교 행사에는 그녀의 엄마가 주도자가 되어 적극적으로 참여했다. 학년이 바뀔 때마다 담임선생님을 찾아가 딸아이를 배려해달라고 부탁하는 것을 잊지 않았다. 덕분에 S는 쌍둥이 동생과 6년 내내 같은 반으로 배정을 받았다.

선생님들은 용모가 단정하고 열심히 공부하는 S를 기특하게 생각하셨다. 나는 S와 같은 초등학교와 중학교를 다니며 지켜보았지만 그녀는 우등생 자리를 놓치지 않았다. 얼굴도 예쁘장한데다 공부까지 잘하는 모범생 S는 남녀를 통틀어 선망의 대상이었다. 우스운 이야기지만 귓속에 살짝 보이는 보청기까지 멋져 보였다. 한참 후에야 들었지만 S는 마침내 일류대학교에 입학했다고 한다. 지금은 소식이 끊겼지만 여전히 제 역할을 잘 해내며 멋진 커리어 우먼으로 살아가고 있을 것 같다.

나는 앤절라 더크워스의 〈그릿〉이라는 책을 읽으며 오랜만에 S를 떠올렸다. 신체 건강한 사람도 우등생이 되려면 열심히 공부를 해야 한다. 신체적 장애까지 가지고 있다는 건 분명 공부를 하는데도 불리함으로 작용한다. 다행히 그녀의 엄마가 열성으로 뒷바라지한 힘도 무시하지 못할 것이다. 하지만 그녀는 신체적 장애를 이유로 중도에 포기하지 않고 꾸준히 공부하여 결국 일류대 입학이라는 성과를 냈다. 그녀의 공부에 대한 의지는 초등학교 때부터 유명했다. 열 살, 그러니까 초등학교 3학년 때부터 밤 12시까지 자지 않고 공부한다는 소문이 파다했다. 그녀 특유의 성실함과 꾸준함이 결국 좋은 성과를 낸 것이라고 믿는다.

'그릿GRIT'이란 말은 성장Growth, 회복력Resilience, 내재적 동기Intrinsic Motivation, 끈기Tenacity의 줄임말로 성공에 결정적인 영향을 미치는 열정을 말한다. 사람들은 성공 요인으로 흔히 재능을 제일 큰 무기로 꼽지만, 이 책 속에 실린 재미있는 인용 자료를 소개하고 싶다. 역사적으로 매우 큰 업적을 남긴 위인 301명을 추려 이들이 얼마나 명석

했는지를 추정해보는 내용이다. 그 301명 중에서 가장 위대한 업적을 남긴 위인들과, 가장 작은 업적을 남긴 위인들은 아이큐로는 구분이 되지 않았다고 한다. 명확하게 구분이 되어준 지표는 바로 지속적인 동기 부여였다.

하루하루를 대충 겨우 살아가는 것이 아니라 멀리 목표를 두고 일하는 삶, 단순한 변덕으로 과제를 포기하지 않는 것, 의지력과 인내심의 정도. 한 번 결정한 사항은 조용히 밀고 나가는 것, 장애물 앞에서 과업을 포기하지 않는 성향. 끈기. 집요함. 완강함. 세계 최고의 천재 또는 위인으로 불리는 사람들에게조차도 타고난 재능보다 끝까지 목표를 포기하지 않고 유지하는 진득함이 훨씬 중요하게 작용했다는 것이다.

진득함 하면 또 힌 명 생각나는 사람이 있다. 비로 우리 부서의 D부장이다. 그는 처음 입사했을 때 별로 주목 받는 인물은 아니었다. 일본계 회사에서 거의 유일하게 일본어를 전혀 못하면서 입사한 특이한 이력 때문이다. 그는 전임자로부터 인수인계를 받지도 못했고 사수도 없는 그야말로 황무지에 혼자 뚝 떨어진 상황에서 모든 비즈니스를 시작했다.

모든 거래는 아주 초기부터 잠재 거래처를 찾아 전화로 연락하고 메일로 관련 자료 등을 받고, 신용도를 조사하는 단계부터 실행되었다. 발굴한 거래처를 바이어에서 조금 관심이 있어 하면 샘플을 보내는 두 번째 단계로 이어갔다. 거북이 같은 속도이지만 꾸준히 말이다. 가끔 샘플 가격보다 DHL 같은 수송비용이 더 많이 나와서 마이너스 계상을 해야 하는 상황도 벌어졌다.

상사들로부터 실적이 나오지 않는다고 타박도 많이 받았다. 하지만 거래 시작 후 십 년째 되던 해 마침내 사내 최고 실적을 기록했다. 마이너스 계상을 했던 샘플 거래가 지금은 부서의 효자 실적 아이템이다. 그가 승승장구하는 것을 보며 시장 상황이 좋고 운이 좋았던 걸까 라는 생각도 했었다. 하지만 〈그릿〉이라는 책을 읽고 난 후에 정리가 되는 것 같다. D부장은 탁월한 그릿을 가지고 있다는 걸 말이다. 그는 거북이 속도로 그리고 특유의 진득함으로 그 외에도 다른 수익 아이템을 몇 개 더 개발했다. 그리고 경이로운 실적은 계속 진행 중이다.

나는 몇 번에 걸쳐 이직을 한 경험이 있다. 돌이켜 보면 아쉬움이 많이 남는다. 첫 직장은 사장이 '또라이'라서 금방 그만두었고, 두 번째 회사에서 약 3년을 근무했지만 반복되는 업무가 싫증이 나서 돌연 그만두었다. 잠깐 여행도 다니고 쉬다가 또 비슷한 회사에 큰 고민 없이 들어갔다. 거기에서도 2년 정도 일하다 상사와 너무 안 맞아서 그만두었다. 그리고 네 번째인 지금 회사에서 현재까지 9년째 재직 중이다.

사실 이미 결혼하고 아이까지 있는 아줌마 직장인이라 또 이직을 하는 건 현실적으로 어렵기도 하다. 동년배 또래들끼리 '우리는 출구만 있고 입구는 없다'고 우스갯소리를 한다. 하지만 단순히 선택의 여지가 없어 버티는 건 아니다. 직장생활을 십 년 넘게 해보고 나서야 '현재 다니는 곳에서 만족이 없으면 어디로 옮기든 간에 만족함이 없다'는 걸 깨달았기 때문이다. 결국은 장소의 문제가 아니라 태도의 문제다.

나는 금방 불타올랐다가 금방 꺼지는 양은냄비 근성이 있다. 게다가 팔랑 귀라 의심 없이 남의 말도 잘 믿는 편이다. '오 이거 좋은데!' 싶으면 바로 시작한다. 분명 실행력은 떨어지지 않는데, 지속력은 정말 형편없다. 끝까지 마무리하는 일에 약하다. 한꺼번에 여러 일을 한다고 벌려 놓기만 했다가 결국 몇 개는 조용히 묵히고 만다.

반쯤 읽다 만 책이 수두룩하고, 갑자기 관세사 공부를 해보겠다고 교재만 잔뜩 사두었다가 지금은 거들떠보지도 않고 있다. 지하철에서 몸매 좋은 아가씨를 보고 감탄한 날엔 운동을 하겠다고 몇 개월지 헬스장을 끊었지만 아마 간 날이 열 손가락에 꼽을 거다. 다이어트도 할 겸 저녁엔 닭가슴살을 먹겠다고 잔뜩 주문했는데 결국 먹지 못하고 냉동실에 처박아 둔 지 오래다. 한 번은 영어 교재를 비싼 돈을 주고 덜컥 주문했다가 생각보다 활용을 못할 것 같아 환불을 결정했다. 환불이 되지 않는다고 끙끙 앓고만 있다가 결국 남편까지 동원해서 겨우 환불을 받은 적이 있다. '양은냄비.' 슬프지만 지금까지의 나를 이보다 더 잘 설명해주는 단어가 없을 것 같다.

그런데 나의 냄비 근성이 딸에게 전달될까 걱정이다. 사실 '그릿'은 가족 간에도 전달되기 쉽기 때문이다. 아이들은 부모의 어깨너머로 자연스럽게 배운다. 말로 훈육해서 가르치는 것은 한계가 있다. 말로 전해지지 않는 부모의 평소 언행, 습관, 삶에 대한 가치관, 사람들을 대하는 태도는 가르치지 않아도 자연스레 전달이 된다. 그러니 내가 끝심을 발휘하지 못하고 중도에 자주 포기하는 모습을 계속해서 보여준다면 당연히 딸에게도 '힘들면 그래도 되는 일'로 인식이 된다.

딸아이는 한창 블록을 가지고 놀기 좋아하는 나이다. 그런데 쌓아둔 블록이 쓰러지면 바로 짜증을 내고, 가끔 분에 못 이겨 블록 조각을 바닥에 내동댕이친다. 그런 모습을 보면 아차 싶을 때가 있다.

나는 주로 사무실에서 근무를 하고 밖으로 나갈 일이 그리 많지 않다. 사무실에서 서류를 만들고 관리하는 일은 적성에 맞기도 하고 잘하는 편이라고 생각한다. 아마 나의 컴포트 존comfort zone, 즉 편안함을 느끼는 구역이라 그럴 것이다. 하지만 요즈음 일부러 컴포트 존을 조금씩 나가려는 연습을 한다. 왜냐하면 밖으로 나가는 연습을 통해 나를 조금씩 성장시키고 싶기 때문이다.

밖에 나가 거래처 사람을 만난다. 불량이라는 껄끄러운 화제로 회의도 같이 해본다. 판매하는 제품을 서류만이 아니라 실제로 보고 싶어 공장을 방문하기도 한다. 사무실이라는 컴포트 존에서 조금씩 나오려는 시도다. 엄마가 조금씩 컴포트 존을 벗어나려 애쓰고 있다는 모습을 딸에게 보여주고 싶다. 가족 간에 서로 그릿을 연습하고, 조금씩 성장하고 싶다. 부모가 실천하며 보여주는 모습이 산교육일 테니 말이다.

〈꾸준함을 이길 그 어떤 재주도 없다〉, 아프리카 TV라는 동영상 제공 미디어의 전 대표인 문용식의 책이다. 역사 전공이었던 그가 IT 계열의 회사에서 처음 일했을 때 업무용어조차도 이해할 수 없었다고 한다. 낮에 일하고 밤에는 공부하며 십 년을 버티다 보니 전공자보다 훨씬 IT 지식에 정통하게 되었다는 그는 자신의 경험에 빗대어 '최소한 십 년간 한 분야에서 일하라'고 조언한다.

일이 손에 익으려고 하면 지겹다고 그만두고, 또 일을 할 만하면 인간관계가 어렵다고 그만둬버린 내게 일침을 주는 책이었기에 오랜 시간 책꽂이에 꽂아두고 '꾸준함을 이길 그 어떤 재주도 없다'며 책 제목을 자주 되뇌곤 한다.

메일로 격려의 힌마디와 칼럼을 보내주는 글쓰기 신생님. 그릿에 관해 쓰고 있는데 이 메시지를 보내주었다.

　　'어떤 상황에서도 계속하는 것! 그것이 보통사람의 인생을 특별하게 만든다.'
　　　　　　　　　　　　　　　　　　　　　　　　　　　－ 폴 포츠

맞다. 이것이 그릿이다.

제3자가 되어 보기, 왓칭

회사에서 부서의 누군가 출장신청서나 휴가신청서를 낼 때마다 날짜와 요일이 틀려 있으면 기가 막히게 눈에 잘 보인다. '내가 좀 꼼꼼하지.' 이렇게 생각을 했지만, 어느 날엔가 내가 제출한 신청서에 날짜가 틀렸다고 상사가 지적하는 걸 보고 생각했다. '원래 잘 골라내는 성격이 아니라 다른 사람의 눈으로 보니 틀린 것이 잘 보이는 거구나.'

이전 직장에서 일본인 상사와 맞지 않아 마음고생을 많이 했다. 그의 일에 대한 열정은 정말 배울 만했다. 하지만 보내는 메일의 토씨 하나, 전화 받는 말투까지 지적을 해대니 스트레스가 극에 달했다.

한 번은 내 옆에 놓아둔 화분이 내 관심을 못 받아 시들어간다는 이유로 잔소리를 해댔다. 지금 나한테 화분까지 관리하라는 건가 싶어 어처구니가 없었다. 사람이 극한의 스트레스를 받으면 실어증에 걸릴 수 있다는 걸 경험했다. 잠깐이었지만 말이 나오지 않았던 거다. 결국 나는 2년도 채우지 못하고 그만두고 말았다. 스트레스를 받아서 입이 돌아갈 것 같았기 때문이다. 생각해보면 그 때가 20대였으니 업무나 감정 처리가 미숙하기도 했다.

재미있는 건 벌써 십 년이나 지난 그 일을 가끔 떠올릴 때마다 '그래도 일은 제대로 배웠는데'라는 생각을 한다는 것이다. 당시에 그는 내게 '사이코'일 뿐이었다. 하지만 시간이 한참 지나 그를 떠올려 보니 업무의 기본기를 다져준 고마운 사수였다.

일본 회사에서는 업무의 가장 기본원칙을 '호렌소報連相'라는 말로 표현한다. '보고, 연락, 상담'의 첫 글자를 따서 만든 말이다. 이전까지 기본적인 중간보고나 연락, 상담에 대한 인식이 거의 없던 나였다. 하지만 그를 통해 어떻게 보고를 해야 하는지, 이런 상황에서는 어떠한 연락을 취해야 하는지, 불거진 문제를 혼자 끙끙 앓지 말고 바로 상의하여 어떻게 진행해야 하는지 배웠다. 십 년이라는 시간이 흘러 객관적으로 그를 판단할 수 있게 된 것이다.

보는 사람마다 내게 A형이냐고 물을 정도로(실제로는 AB형이다) 나는 조용하고 차분해 보이는 성격이다. 하지만 굉장히 감정적인 편이다. 자신의 감정을 밖으로 쉽게 표출하는 사람만 감정적인 것이 아니다. 표출하지는 않더라도 감정의 파도가 속에서 크게 울렁이는 사람도 사실 감정적인 사람이다.

부끄러운 이야기지만 나는 부부싸움을 할 때마다 정말 화가 나면 물건을 집어던졌다. 너무 화가 나면 머릿속에서 '바싹' 하는 소리가 나며 순간 나도 모르게 물건을 던져 버렸다. 그 와중에도 너무 고가의 물건은 일단 열외시키고 확실히 화났다는 느낌을 줄 수 있고 소리도 크게 나는 잘 깨지는 컵, 밥그릇 이런 것들로 말이다.

아이가 태어나고 던지는 행동은 자제했지만 나의 욱하는 성질은 금방 없어지지 않았다. 그런데 어느 날 아이가 블록 놀이를 하다가 자기 마음대로 되지 않는다고 있는 성질을 다 내며 블록을 마구 던지고 있는 걸 보고 충격을 받았다. 아이가 누구를 보고 배웠겠는가? 그 뒤로 나는 절대 물건을 던지지 않는다. 싸움이 아니라 남편에게 열쇠나 화장지를 건네줘야 하는 상황에서도 물건을 던져서 주는 모습은 자제한다.

지금도 화가 나는 상황은 자주 생긴다. 제 아빠는 퇴근하자마자 편하게 드러누워 쉬고 있는데 아이가 나한테만 들러붙어 있으면 화가 난다. 나도 쉬고 싶은 마음이 간절한데 말이다. 며칠 전에는 마트에서 아이 손을 잡고 장을 보고 있는데, 한 아줌마가 아이를 아무렇지도 않게 밀쳐내고 걸어갔다. 이런 무례한 사람을 보면 화가 난다. '당신 손주가 이렇게 세게 밀쳐져서 넘어지기라도 하면 기분 좋겠어요?' 라고 쏘아주고 싶다.

많은 시간을 보내는 회사에서도 화가 나는 상황은 많다. 나는 너무 바쁜데 '도와줄까' 한마디 안 하고 칼퇴근하는 동료의 배려 없음에 화가 난다. 메일을 보내거나 전화를 걸기 전에 한 번 더 확인하고 부탁을 하면 좋을 텐데, 실수를 하고서 나중에야 '죄송합니다. 다시 보니

　　　　　　　　　　일상이 독서다

제가 잘못 봤습니다' 하는 거래처 사람. 두 번씩 일하게 하는 그 덤벙거림도 화가 난다.

하지만 분노가 내 몸 전체를 휩쓸도록 내버려두지 않는다. '내가 화가 났구나' 하고 잠깐 내 상태를 살펴보는 여유가 생겼기 때문이다. 속은 불타고 있는데 겉으론 아무렇지도 않은 척하는 포커페이스 상태를 말하는 것이 아니다. 화가 난 상태를 무조건 가라앉히려고 의도적으로 억누르는 것도 아니다. 그저 '내가 화가 난 상태구나' 하고 있는 그대로 봐주는 것이다. 아주 짧은 순간이지만 이렇게 잠깐 바라봐주는 것만으로도 신기하게 금방 그 감정이 가라앉는다. 그리고 나중에서야 이 바라봐주는 행동을 왓칭, '객관화하여 바라보기'라고 부른다는 걸 알게 되었다.

많은 자기계발서에서 자신을 객관화하라는 이야기를 한다. 제3자가 되어 나를 보라는 말이다. 심리치료책에서 감정 자체를 자기 자신이라고 생각하지 말고, 그 감정에서 한 발자국 나와서 객관적으로 나를 볼 수 있어야 한다는 말도 많이 들었지만 별로 와 닿지는 않았다. 십 년 전 그 직장에서도 내 속에서 드는 감정을 객관화시킬 줄 알았다면 입이 돌아간다는 느낌이 들 정도로 스트레스를 받지 않았을 텐데 하는 안타까움이 들 때가 있다.

내가 시도하고 있는 또 다른 왓칭은 시야를 넓혀 보려는 연습이다. 몇 달 전부터 직무 관련 자격증을 따기로 마음먹고 교재를 구입했다. 그런데 마음먹은 것처럼 공부 진도가 잘 나가지 않았다. 회사에서 풀

타임으로 근무를 하고, 밤에는 아이와 놀아주어야 하므로 내가 쓸 수 있는 시간은 새벽시간뿐이었다. 그런데 이 시간마저 글쓰기를 하게 되어 공부할 시간이 없어져 버렸다. 그래도 자격증을 따기로 결심했는데 포기하고 싶지는 않았다. 글쓰기를 포기할 생각도 없었다. 시험이 코앞에 거의 닥쳐서야 출퇴근길 전철에 서서 교재를 읽고 벼락치기 공부를 했다. 솔직히 적지 않은 분량이라 벼락치기가 가능한 수준도 아니었다. 다만 수석할 생각도 없으니 딱 '합격선'만 넘기자고 생각했다. '합격 점수가 60점이니, 딱 61점만 맞고 합격하자. 답은 반드시 있다. 아는 문제는 꼭 맞히자.'

물론 공부도 안 하고 시험을 잘 볼 수 있다는 억지스러운 이야기를 하는 것은 아니다. 하지만 처음부터 '난 안 돼'라고 자포자기할 필요는 없다는 것이다. 공부시간이 부족했다는 사실은 인정했지만 '아는 문제는 맞힐 수 있다. 이 안에 분명 답이 있다'라고 가능성을 열어두는 것만으로도 큰 차이를 가져온다는 걸 말하고 싶은 거다.

나는 공부 요령이 좋은 타입이 아니라 벼락치기로 시험을 잘 본 적이 한 번도 없었다. 긴 시간과 공을 들여 공부한 시험은 당연히 좋은 성적을 냈고, 공부가 부족했다 싶으면 내가 예언한 만큼이나 형편없는 점수를 받았다. 평소처럼 '난 안 돼'의 마음가짐이었다면 나는 당연히 불합격이었을 것이다. 하지만 결과를 확인해보니 61.25점으로 합격이었다. 두 문제만 더 틀렸어도 불합격이었다.

예전 같았으면 '공부도 안 했는데 당연히 안 될 거야'라고 생각했을 것이고, 내가 예언한 대로 불합격했을 것이다. 하지만 가능성을 없애 버리지 않기로 결정했고, 시험을 치르면서도 커트라인만 넘긴다고 생각했다. 알고 있는 답만 모두 다 맞히자고 시야를 넓혀 생각했다.

> "당신이 나무를 볼 수 있는 것은 당신의 마음이 나무에까지 이르기 때문입니다. 당신이 어떤 사람과 사랑에 빠지는 것은 당신의 마음이 그 사람의 마음과 교감하기 때문입니다. 마음이 두뇌 속에 갇혀 있다면 불가능한 일이죠."
>
> – 김상운의 《왓칭》

나를 객관화하여 볼 수 있는 눈, 시야를 넓혀 볼 수 있는 눈. 눈은 내 몸에 붙어 있을 수밖에 없지만 내 몸 밖의 주변을 더 잘 보려는 노력을 계속할 것이다. 주변 사람들의 마음을 같이 읽고, 내가 매일 만나는 사물에 닿을 수 있도록 말이다.

○
나에게서 구하라

올해 10월이면 결혼한 지 십 년이 된다. 전철 옆 좌석에서 피곤함을 이기지 못하고 곤히 잠들어 버린 남편과는 만난 지 십삼 년이 된다. 생각해보면 결코 짧지 않은 기간이다.

오늘은 내 생일이라고 오랜만에 둘이서 외식을 했다. 남편은 생일 때마다 편지를 써준다. 딱히 달필도 아니고 대단한 감성이 담긴 편지도 아니지만 그만의 유머와 단아한 글씨로 보내주는 편지는 받을 때마다 은근한 감동을 준다. 얼마나 바쁘게 사는지 잘 아는지라 짬을 내어 문구점에서 편지지를 고르고 시간을 내어 펜을 들었을 그 정성이 참 고맙다. 매해 이 편지를 받을 때마다 난 참 결혼 잘했다고 생각한다.

결혼한 사람들이 다 그렇지만 우리 역시 평탄하기만 한 결혼생활을 한 것은 아니다. 결혼 전에도 얼마나 많이 싸웠는지, 결혼을 정말 해야 하나 고민할 정도였다. 결혼 직후에도 참 많이 싸웠다. 일종의

일상이 독서다

주도권 싸움이었나 보다. 일부러 상처 주는 말을 골라서 많이 뱉어내기도 했다. 아이를 같이 낳아 키웠고, 몇 번의 이사를 했다. 십 년 사이에 크고 작은 많은 일들을 겪으며 우린 한층 성숙해졌다. 그리고 그 시간을 같이 겪은 만큼 일종의 끈끈한 동지애를 느낀다. 연애할 때처럼 가슴이 마구 뛰진 않지만 '무조건 내편으로 정해진 아군'이 있다는 건 참 든든하다.

독립심 강하고 진취적인 여성들조차도 왜 결혼할 시기만 되면 유리 구두를 신겨줄 왕자를 찾아 신데렐라가 되는지 모르겠다. 본인은 경제적 여유를 아직 갖추지 못했으면서 결혼할 남자가 서울 소재, 하다못해 경기도 모처에라도 109m²(33평) 아파트를 준비할 능력이 안 되면 결혼 상대로 쳐주지도 않는다.

그렇게 치자면 우리 남편은 결혼할 준비가 되지 않은 사람이었다. 친구들이 '결혼 능력'에 대해 따지는 통에 나는 이 남자가 결혼 상대로서 적합한지 한참 고민하며 선택을 해야 했다. 109m² 아파트를 처음부터 구해올 능력은 현저히 떨어져 보였지만 그와 같이 이야기하는 것이 좋았다. 같이 있으면 이야기가 잘 통하고 마음이 편했다. 결혼한 후에도 같이 직장생활을 할 것이고, 집도 같이 구하면 되니 별 문제될 것이 없었다.

아마 이 선택이 몇 되지 않는 나의 독자적인 판단이었을 것이다. 나는 옳은 선택을 했고, 지금도 그 선택이 옳았다는 것을 과정으로 만들어가는 중이다. 처음부터 옳은 선택이 정해져 있는 것이 아니라 내가 한 그 선택이 옳도록 만들어 가는 과정이 삶이다. 지금도 이 남자와 잘 살고 있고, 앞으로도 그럴 것이다. 가능하다면 죽을 때까지 매년 남편으로부터 편지를 받는 소소한 행복을 누렸으면 좋겠다.

　나는 고민이 생길 때마다 외부에서 답을 구하는 편이었다. 학생 때부터 공부가 잘 되지 않으면 일단 잘 가르친다는 학원부터 알아봤다. 대학생이 되어 연애할 땐 내 마음대로 되지 않는 상황을 친구들에게 상담하여 해결하려고 했다. 대학교 2학년이 되어 전공인 일본어 외 교직이수를 하려고 교육학 강의를 수강했다. 교육학 이론을 배우는 것도 즐거웠고, 교사라는 직업도 내게 잘 맞을 것이라고 생각했다. 하지만 현직 중학교 교사인 친척언니에게 물어보니 일본어 과목으로는 교직 자리조차 나지 않는다고 했다. 게다가 수요 대비 인력이 과잉 공급되어 남아도는 독일어나 프랑스어 담당 교사들을 몇 개월 연수시켜 일본어 과목으로 충당시키는 경우도 있다고 했다. 국영수 과목이 아닌 이상 일본어로 교사가 될 수 있는 가능성은 거의 없다는 것이다. 나는 그 이야기를 듣고 일 년을 수강했던 교직 이수 과목을 포기했다. 분명 틀린 이야기는 아닐 것이다. 하지만 내 자신이 아닌 다른 사람의 이야기를 듣고 쉽게 포기해버린 선택이 두고두고 후회로 남았다. 임용고시를 보든 보지 않든 끝까지 교직 이수를 하고 교육학 공부를 해봐도 좋았을 뻔 했다.

　직장인이 되어서도 마찬가지였다. 직장생활은 기대했던 것보다 멋지지 않았고, 다른 곳에서 그 갈증을 해결하려고 했다. 자기계발서를 탐독하거나 당장 필요하지도 않은 영어학원 등을 다니면서 말이다. 인터넷 커뮤니티나 SNS를 뒤져보며 내 또래의 여자들은 어떻게 살고 있는지 훔쳐보고 그대로 따라 해보려고 했다. 지금까지 내 자신에게 '무엇을 원하는지' 물어보고 그 답을 들을 시간을 거의 가져보지 못했다.

나의 이런 생활에 제동을 건 것은 출퇴근길에 부지런히 읽은 책들과 글쓰기 수업이다. 여전히 삶의 방향에 대해 자신이 없었고 대상도 분명하지 않은 갈급함이 내 안에 가득했다. 불안한 마음에 답을 얻기 위해 펼쳐 든 책들은 '이거야'라고 명확한 답을 주진 않았지만, 나 자신에 대해 조금씩 생각할 시간을 줬다.

큰 기대 없이 '한 번 가보자'라는 마음에 참석했던 글쓰기 수업은 새로운 전환점과 흥분을 줬다. 나는 블로그를 꾸준히 운영해본 적도 없고, 일기조차 지속적으로 써본 적이 없다. 다이내믹한 일상 같은 건 없다. 집 아니면 회사에서 겪는 너무 사소해서 구차하기까지 한 일들이 거의 대부분의 일상이다. 그 시시콜콜한 일들을 다시 떠올리며 적는 짧은 글들이 나를 살펴보게 한다.

생리 전 증후군 때문에 생리 시작 일주일 전부터는 우울증을 겪어왔다. 건강하지 않은 음식, 인스턴트나 패스트푸드가 갑자기 먹고 싶어졌고, 습관처럼 폭식을 했다. 먹고 나면 음식 하나도 자제하지 못하는 내가 한심한 생각이 들어 더 우울해졌다. 어렸을 때부터 앓던 아토피가 그 주기만 되면 심하게 올라왔다. 그럴 때면 제일 만만한 내 아이에게 별 이유 없이 짜증을 내기도 했다. 이 주기에는 회사에서도 '내충 배우사'라는 마음으로 일했다. 새벽에 일어나 나만의 시간을 갖고 글쓰기를 시작하고 나서는 감정기복이 훨씬 덜해졌다. 내가 항상 생리 전 증후군을 앓아왔다는 걸 잊었을 정도다.

> '그러므로 자기혁명은 하루 속에서 자신이 지배하는 시간을 넓혀가는 것이다. 하루의 십 퍼센트를 지배하는 것으로부터 시작하자. 하루 속에서 잃어버린 두 시간을 찾아내어 자신에게 돌려주자. 나는 그렇게 할 수 있는 현실적으로 실용적인 대안을 찾아보려고 노력했다.'
>
> – 구본형의 《나에게서 구하라》

20년간 IBM에서 잘나가는 직장인으로 살아왔던 고故 구본형 작가. 누구나 알아주던 좋은 직장을 그만두고 나올 수 있었던 건 '내가 원하는 삶은 무엇인가'라는 고민으로부터 시작되었다. 그 고민을 품고 매일 새벽 네 시에 일어나서 두 시간씩 글을 쓰기 시작하며 서서히 답을 찾아갔다. 그렇게 삼 년을 준비했다. 자신에 대해 치열하게 고민하며 글을 쓰던 매일 두 시간씩의 시간을 통해 그는 매년 책을 한 권씩 써낼 수 있겠다는 자신감을 얻었다고 했다.

얼마 전 TV에서 세바시(세상을 바꾸는 시간 15분)의 '직장 다닌다고 직업 생기지 않는다'라는 강의를 흥미롭게 본 적이 있다. 2014년 기준으로 퇴직 평균연령은 52.6세라고 한다. 그 중에 억대 연봉자는 겨우 3.2%이며, 임원이 될 확률은 더 낮아서 0.74%에 지나지 않는다. 직장에서 정년까지 버티고 억대 연봉을 받으며 임원이 될 확률은 턱없이 낮다는 것이다. 직장과 직업은 완전히 다른 의미다. 직장은 말 그대로 일을 하는 조직을 말하는 것이고, 직업은 혼자서도 독립이 가능한 기술을 가진 상태이다. 직장을 가졌다고 해서 직업이 있다고 확언할 수는 없다. 또 더 이상 직장이 보호막이 되어주지 못한다는 걸 누구나 절감하고 있는 시대다.

위탁교육기관인 더 랩 에이치의 김호 대표는 세바시 강연에서 이렇게 말한다. 남들한테 명함 내밀었을 때 알아주는 회사에 들어갈 생각만 하지 말고 자신이 정말로 좋아하고 잘하는 일을 찾아서 어떻게 직업으로 연계시킬 수 있을지 진지하게 고민하라고 말이다. 회사에서 시키는 일만 문제없이 하면 되지라는 안일한 생각으로는 직장도 지킬 수 없고, 직업도 만들 수 없다.

나는 어쩔 수 없이 공부했고, 점수에 맞추어 대학에 입학했고, 다들 하니까 큰 고민 없이 직장생활을 시작했다. 그리고 결혼 적령기가 되어 결혼했다. 직장에서도 누군가는 알아주겠지 하는 수동적인 태도로 주어진 일만 조용히 해왔다. 이렇게 개선하자고 제안을 해본 적도 없고, 이런 업무를 해보고 싶다고 적극적으로 표명한 적도 없다. 상황에 끌려다니듯 지금까지 수동적으로 살아온 건 피할 수 없는 사실이다.

내 잔이 이미 반이나 누군가에 의해 수동적으로 채워졌다고 한다면, 나머지는 내가 스스로 채워가고 싶다. 일본어는 자리조차 나지 않으니 교사되기는 어렵다는 이야기에 바로 포기하지 말고 한 번 해보겠다고 근성 있게 밀고 나갔으면 좋았지 않나 싶다. 앞으로는 그런 아쉬움을 남기고 싶지 않다. 영국의 유명한 극작가인 버나드 쇼의 묘비명에 적힌 글처럼 '내 우물쭈물하다 이렇게 될 줄 알았지'라고 후회하지 않도록 말이다.

내 안에서 문제를 찾고, 내 안에서 답을 구하는 일에 게을러지지 않으려고 한다. 그래서 일기를 쓰며 오늘 하루를 돌아보고, 책을 읽고, 읽은 내용으로 글을 쓴다. 내가 정말 잘하고 좋아하는 일에 대하여 계속해서 고민하고 찾아가는 중이다.

○
밑줄 긋는 여자

내가 꿈꾼 독서일기는 일상과 격리된 '독후감'이 아니라 내 일상과 하나
가 된, 내 삶 속으로 뚜벅뚜벅 걸어 들어온 책 이야기였다. 내가 만난 책들
에 분홍, 연두, 하늘색…. 온갖 컬러로 밑줄 그은 문장들은 내 일상 속에
서, 내 출장길에서, 내가 만난 많은 사람과의 대화에서 살아났다. 그렇게
내가 밑줄 그은 문장들은 책 밖으로 튀어나왔다. 톡톡.

– 성수선의 《밑줄 긋는 여자》

점심시간에 간단히 식사를 하고 회사 근처 영풍문고로 갔다. 나는
쇼핑하듯 기분전환하러 자주 서점에 들른다. 어떤 책들이 잘 팔리고
있나 베스트셀러 코너를 둘러보기도 하고, 내가 좋아하는 에세이 분
야의 책들을 천천히 훑어보기도 한다. 그런데 〈밑줄 긋는 여자〉라는
제목의 책이 내 시선을 확 잡아끌었다. 어쩜 이렇게 멋진 제목을 지

었을까? 목차와 머리말을 읽어보니 해외영업을 하는 독신 여성이 업무와 일상에서 겪은 이야기들을 읽은 책들과 접목시켜 쓴 독서 에세이다.

바로 책을 구입해서 퇴근길에 읽었다. 빨리 나머지를 읽고 싶어 아이를 채근해서 재우고 냉장고에서 캔 맥주를 하나 꺼냈다. 오른손에 잡히는 페이지가 얼마 남지 않았다는 아쉬움을 느끼며. 다 읽고 책의 제일 첫 페이지에 적어 두었다.

'나도 이런 독서 에세이를 쓰고 싶다. 현실과 동떨어진 어려운 서평이 아니라 누구나 읽을 수 있는 쉬운 책 이야기를 하고 싶다. 읽는 사람이 '나도 이 책 한 번 읽어보고 싶다'라고 느낄 만한 독서 에세이를 쓰고 싶다.'

〈밑줄 긋는 여자〉의 와인에 대한 글을 읽고 있노라니 몇 년 전 일본에서 고급 와인 셀러를 한국에 팔아보겠다고 본사에서 출장자가 왔던 기억이 났다. 한국의 와인 숍을 견학해보고 싶다고 해서 같이 강남의 고급 와인 숍과 레스토랑을 돌아봤다. 지금이야 워낙 저가 와인들이 봇물처럼 들어와 1만원 이하의 와인이 흔해졌지만 그 때만 해도 와인은 고급술이라는 이미지가 강했다. 처음 들어가 본 고급 와인 숍은 문턱이 너무 높아 들어가기가 부담스러울 정도였다. '나는 살 돈이 있고, 당장 와인을 사겠다'는 의지가 있지 않는 한 발을 들이기도 쉽지 않다고나 할까.

한동안 우리나라에 와인 광풍이 불어 우후죽순으로 와인 관련 강좌와 번역서들이 쏟아지듯 나왔다. 특히나 기업체의 임원이나 CEO들은 와인 전문가로서 세련되게 바이어들을 접대하기 위해 더 열심히 와인을 '공부'했다. 성수선 작가는 우리나라 사람들은 와인에 대해 어떤 환상을 가지고 있는 것 같다고 꼬집어 말한다. 실제로 와인이 비즈니스에 미치는 영향은 극히 미미하다면서 말이다. 쓸데없는 일로 스트레스 받지 말고 부담 없이 마시라는 말에 웃음이 나온다.

세상에는 수많은 책들이 있다. 고전으로 불리며 수세기에 걸쳐 존경 받아온 책들도 있는가 하면, 한 분야에서 가히 거성이라 불리는 이들이 짧게는 몇 년 길게는 전 생애를 바쳐 연구해온 결과물을 책으로 펴내기도 한다. 모두 훌륭하고 좋은 책들이다. 하지만 나는 보통 사람이 쓴 '보통 책'도 즐겨 읽는다. 유명인이 아니더라도 자신의 삶을 담담하게 들려주는 사람들의 이야기가 좋다.

얼마 전에 읽었던 베레카 권의 〈일상 변주곡〉이라는 책도 인상적이다. 그녀도 평범한 직장인이자 한 아이의 엄마다. 그녀는 집, 회사, 집, 회사를 오가는 특이한 변곡점이 없는 일상을 모데라토(보통 빠르기) 인생이라고 칭한다. 모데라토 인생은 편안함과 안정감을 주지만 일상에 설렘과 떨림을 주지는 못한다.

하지만 우연한 기회에 만나게 된 부모 교육 세미나와 아들러 심리학 책 한 권, 글쓰기 수업이 그녀의 모데라토 일상에 스타카토가 되어준다. 학교를 졸업하고 직장생활을 하며 무난한 일상을 보내는 평범한 워킹맘이 소소해 보이기까지 하는 작은 스타카토로 인해 인생을 더 맛있게 '칸타빌레'(노래하듯이)로 볶는다는 이야기는 오히려 평범한 사람이기에 더 공감이 되었다.

나도 평범한 워킹맘이다. 알량한 생활비 몇 푼 벌겠다고 아이를 버려두고 출근하는 죄책감, 막상 퇴근해도 맘껏 놀아주지 못하는 피곤함에 매일을 자책하는 평범한 워킹맘이다. 회사에서도 이미 근속 연수가 적지 않기에 업무 실수에 웃음과 애교 필살기도 통하지 않는다. 마흔이라는 나이에 걸맞는 커리어를 갖추었는가라는 질문 앞에 한없이 작아지는 평범한 직장인이다.

그래서 보통사람들이 들려주는 보통 이야기들이 좋다. 자신의 소소한 일상을 빛나는 일상으로 만들려 노력하는 기록들 말이다. 대단한 어려움과 역경을 극복한 사람들의 이야기는 감동을 준다. 하지만 살짝 위화감을 주는 것도 사실이다. 대단한 사람과 나 사이에는 이미 높은 벽이 존재하는 것 같아서 말이다. 사는 것도 피곤하고 힘든데 책조차도 힘이 잔뜩 들어간 것만 읽으면 얼마나 피곤한가.

며칠 전에 읽은 인나미 아쓰시의 〈1만권 독서법〉이라는 책에 이런 이야기가 나온다. 독서에 대한 진지함을 버리지 못한 탓에 느리게 정독하며 읽지 않는가 하고 말이다. 보통 '정독'을 한다 하면 자세히 읽기에 머릿속에 더 많이 남을 거란 생각을 한다. 하지만 단위 시간당 독서의 밀도가 낮고, 책 전체를 보지 못하기에 아주 얕은 독서 체험밖에 경험하지 못한다고 저자는 단언한다.

〈1만권 독서법〉에서는 정보가 물밀듯이 밀려드는 시대에 최적화

된 '담아두지 않는 독서법'을 소개하며 '플로우 리딩'이란 개념을 소개한다. 다독과 정독 중 어떤 독서법이 옳으냐는 문제를 두고 한창 설전을 벌여왔었다. 책에 관한 한 전문가로 불리는 많은 이들이 한 목소리로 '정독이 답이다'라고 해왔던 터라 반대의 이야기를 하는 이 책이 무척 흥미로웠다. 저자 자신이 한 달에 60여 건의 서평을 각 미디어에 기고해야 하는지라 하루에 두 권 이상씩, 일 년에 약 700권의 책을 읽는다고 하니 대단한 독서가다. 그렇게 책을 읽으면서도 '무언가를 얻는 독서는 따분하다'고 말한다. 교양을 얻기 위해 책을 읽는다 해도 실상 남는 것은 많지 않다면서 말이다. 목적을 위한 독서가 아니라 읽는 과정 그 자체를 즐겨보라는 저자의 말에 크게 공감한다.

사실 책 읽기가 습관이 된 사람들은 그냥 책 자체가 좋아서 읽는 경우가 대부분이다. 공부하려는 마음으로 읽는 책은 해치워야 하는 숙제가 되기도 한다. 버거운 일상 속에 쩍쩍 갈라지고 건조해진 내 마음에 물을 부어주는 심정으로 책을 읽는다. 그래서 오늘도 보통사람이 쓴 보통 책을 들여다보며 '내게 온 그 문장'을 만나기를 기다린다. 마음의 촉촉함이 채워지기를 기다리면서.

한 번쯤은 성수선 작가를 만나고 싶다. 기회가 되면 언니라고 불러가며 술 한 잔 하고 싶다. 프로필을 보니 어디서 근무하는지도 알겠는데 갑자기 '팬입니다. 한 번만 만나주세요' 하면 스토커 같지 않을까 싶어 함부로 연락을 못하겠다. 관음증 환자도 아니고, 그녀의 SNS 주소를 저장해두었다가 한 번씩 들여다보며 어떻게 사는지 관찰만

한다. 그녀는 여전히 일로 바쁘지만 촉촉한 감성이 담긴 글들을 담아내고 있다.

얼마 전에 용기를 내어 출판사에 그녀의 e메일 주소를 알 수 있는지 물었다. 출판사에서는 개인 정보라 알려주기는 어렵고 메일을 보내주면 대신 전달해주겠다고 했다. 잠깐 고민하다가 메일을 적었다. 직장생활에서 가장 힘들고 메말라 있던 때 언니의 책을 읽고 힘을 많이 얻었다고. 그 때 첫 페이지에 '나도 이런 책을 쓰고 싶다'라고 적었는데 그 꿈이 이루어진 것 같다고. 그 꿈의 첫 계단이 언니의 책을 읽은 것으로부터 시작되었기에 정말 감사하다고. 책이 나오면 언니에게 한 권 보내줘도 되느냐고.

오늘도 내 마음에 생수를 부어줄 평범한 작가들의 평범한 일상이 담긴 글을 기다린다. 행복하다. 나 또한 그런 글들을 읽고 쓸 수 있어서.

제**4**장

눈에 넣어도 아프지 않을 내 아이

아이는 책이 아니라 엄마가 키운다

여느 엄마들처럼 임신하고 태교에 심취해 있었을 때 나는 한창 독서영재에 대한 책을 열독하고 있었다. 대한민국 독서영재 1호라는 타이틀이 붙은 푸름이는 나의 육아 모델이 되었다. 푸름이를 키워낸 책의 육아 노하우를 습득하기 위해 푸름이 아빠 최희수 씨의 출판사에서 나오는 독서에 관한 책은 거의 읽었다.

그 이후로 김선미의 〈지랄발랄 하은맘의 불량육아〉라는 책이 선풍적인 인기를 끌면서 책 육아가 다시 커다란 화두가 되었다. 내게 책 육아는 미취학 아동까지 사교육으로 점철된 이 황폐한 세대를 지켜낼 방패와도 같았다. 나는 한동안 육아 책들만 파고들었다. 책 속에서 육아의 답을 찾고 싶었다. 책을 읽어갈수록 '내 아이를 태어나자마자 독서영재로 만들겠다'는 열정으로 불타올랐다. 남편의 관심과 참여도 필요할 것 같아 내가 읽고 감명 받은 육아 책들을 남편에게 내밀었다. 업무 관련 전문서적이나 읽지 생전 육아 책은 들춰본 적도 없는 남편은 당황한 얼굴이었다. 다 읽고 나서는 겨우 한다는 소리가 '나는 책 읽기가 그렇게까지 중요하다고는 생각하지 않는다'고 하는 통에 둘이 대판 싸운 적도 있다.

아직 아이가 태어나지도 않았는데 유아용 전집을 구입하기도 했다. 조금 더 저렴하게 구입하겠다고 친구에게 홈쇼핑 알림까지 부탁해서 말이다. 책꽂이 한쪽에 멋지게 전시해놓으니 무척 만족스러웠다. 벌써 아이를 잘 키워낼 준비를 해낸 것 같았다.

아이가 태어나고 나서 큰 수술을 받았고, 거의 두 달 반을 신생아 중환자실에서 보냈다. 퇴원 후에도 자주 통원 진료를 받아야 했다. 생후 1년간은 거의 병원에서 보냈다고 해도 과언이 아니다. 하지만 병원에 있는 날들을 제외하고는 거의 매일 책을 읽어줬다. 아이가 아직 혼자 앉지 못할 때에도 무릎에 앉히고 가슴에 기대세 해서 책을 읽어줬다. 물론 무슨 내용인지 아이는 몰랐을 것이다. 그런데도 책 속의 그림을 뚫어지게 쳐다보곤 했다. 그러면 나는 더 신명이 나서 또 다른 책을 가져와서 읽어줬다.

아이가 책 속의 그림만 바라봐줘도 너무 흐뭇해져서 또 다른 책들을 주문했다. 일단 책이 많아야 한다고 생각했다. 그 즈음 나의 관심사는 거실을 서재처럼 만드는 것이었다. 어디든 책이 꽂혀 있고, 책이 발에 툭툭 채이면 분명 책을 좋아할 것이라고 믿었다.

아직 글자를 읽기는커녕 책도 혼자 잘 못 넘기는 아기를 두고 무슨 책 사재기를 그리도 했을까, 지금 생각하면 좀 우습기도 하다. 하지만 그 때는 무슨 사명이나 되는 듯이 열심히 사모았다. 카페 공구로 사고, 중고로 저렴하게 사기도 하고, 서점에서 마음에 드는 책들이 있으면 또 사고.

나는 원래 책을 여러 번 읽는 편이 못 된다. 집에 많은 책이 있지만 그 중에 두 번 이상 읽은 책은 손에 꼽을 정도다. 나는 아이도 그럴 것이라고 생각했다. 나처럼 여러 책을 많이 보는 것을 선호하는 성향일 거라고 마음대로 짐작했다. 그래서 〈지랄발랄 하은맘의 불량육아〉에서 알려주는 전집 리스트를 참고하면서 한 질씩 주문했다.

하은맘이 책을 전집으로 사라고 알려주는 이유는 이렇다. 일단 아이가 책을 먹어치우듯 게걸스럽게 읽는 시기가 되면 그 욕구를 단권책으로 채워주기는 무리가 있다는 것이다. 또 집 구석구석에 책이 발에 차일 정도로 많아야 자연스럽게 책을 읽을 환경이 만들어진다는 것이다. 나는 이 말을 백 번 옳다 여겼고, 하은맘이 하라는 대로 한 달에 전집 한 질씩 지르기 시작했다. 하은맘이 추천해준 회전 책꽂이를 구입했고, 독서대와 아기 소파까지 장착했다. 장난감은 아이의 창의성을 망가뜨린다고 해서 책만 열심히 사댔다. 집은 점점 아이의 전집으로 채워지기 시작했다. 급기야 남편이 그만 좀 사라고 제동을 걸기에 이르렀다.

하지만 아이는 많은 책을 두루두루 보는 성향이 아니라는 걸 몇 년이 지난 후에야 알았다. 책 읽기에 있어서는 나와 전혀 성향이 다를 수 있다는 걸 짐작하지 못했다. 아이는 좋아하는 책이 있으면 그 책만 수십 번을 읽었다. 처음에는 이해가 되지 않았다. 재미있는 책이 저리 많은데 왜 보는 책만 주구장창 읽는 걸까? 큰돈 들여서 전집으로 사줬는데 겨우 한두 권만 죽어라고 읽으니 솔직히 본전 생각도 났다.

지금은 전집은 거의 들이지 않고 있다. 내 아이 성향과 맞지 않는데 어마어마한 권수의 전집만 계속 들여 봤자 아이가 책에 질식해 거부할 수도 있겠다는 생각이 들었기 때문이다. 대신 아이의 발달 시기와 맞물려 읽기 좋은 단권책들을 인터넷으로 검색해보고 주문한다.

기저귀를 뗄 시기가 되어 아기용 변기를 사용하기 시작한 즈음에 팬티에 관한 그림책들을 구입했다. 〈곰돌이 팬티〉라는 책에서는 주인공 곰돌이의 팬티가 없어진 바람에 팬티를 찾아 친구들과 여행을 떠난다. 작고 큰 동물들이 입은 색색의 팬티를 같이 구경하고 누구 팬티가 마음에 드는지 아이에게 물어보았다. 마지막엔 미리 사둔 팬티를 꺼내어 아이에게 보여주고 만져보게 했다.

"하은이는 기저귀랑은 안녕할 거야. 이제부터는 이 팬티를 입을 거야. 어때? 마음에 들어?"

그리고 어린이집에 가기 전에 남자와 여자라는 성 역할이 있고 서로의 몸이 다르다는 걸 알려주고 싶어서 〈팬티를 입으면〉이라는 책도 주문해줬다. 옷을 입고 있을 땐 같은 친구인데, 팬티를 벗으니 서로 몸이 다르게 생긴 다른 성별의 친구라는 내용이다. 아직 이해하기 어려울 수도 있지만 '엄마와 아빠는 서로 다르고, 너도 남자 친구들과 다르다'는 내용을 미리 알려주고 싶었다.

전국의 모든 까꿍이가 사랑한다는 〈달님 안녕〉을 읽고 한동안 달님에게 홀릭 되어 책에 뽀뽀 세례를 퍼붓던 아이. 그 모습을 놓치지 않고 〈안녕 바나나 달〉이라는 책을 주문했다. 엄마가 집을 비워서 심심했던 아이가 바나나 섬을 여행하며 모험하는 이야기를 담은 책이다. 눈물이 날 정도로 무서웠던 바나나 괴물과 나중에는 좋은 친구가 되어 집까지 같이 왔다는 이야기를 듣더니 아이는 주변을 둘러보며 "바나나 괴물은 어디 있어?"라고 묻는다.

어느 날 아침 출근하기 직전, 아이가 잠에서 깨어 회사에 가지 말라고 나를 붙잡고 울기 시작했다. 더 지체했다가는 지각이라 난감한 상황. 아이를 안아주고 책꽂이에 있던 〈엄마는 회사에서 내 생각해?〉라는 책을 꺼내 읽어줬다. 책을 읽는 내내 아이에 대한 미안함에 가슴이 먹먹해진다. "하은이가 집에서 할머니랑 노는 동안에 엄마도 회사에서 열심히 일하고 있어. 회사에서 일 끝내고 하은이 보러 빨리 집으로 올게" 이렇게 말하니 아이도 의젓하게 "응, 엄마 잘 갔다 와"라고 말해준다.

은행잎과 단풍잎이 울긋불긋 멋들어지게 거리를 장식했던 어느 날, 신나게 뛰어다니던 아이는 바닥에 떨어진 나뭇잎을 잔뜩 주워왔다. 집에 돌아온 직후 기회를 놓치지 않고 은행잎에 관한 자연관찰 책을 펼쳐서 읽어줬다. 아이는 주워온 은행잎을 한 번 쳐다보고 책을 한 번 쳐다보며 똑같이 생겼다고 소리를 지르고 좋아한다.

이제야 내 아이에게 맞는 책 육아 노하우가 조금 생긴 것 같다. 아이의 관심사와 발달 상황을 고려해서 좋은 책들을 자주 검색해서 아이에게 보여주는 것이다. 전집 자체가 나쁜 것은 아니다. 하지만 전집은 많은 권수를 채워내야 하기에 작가에게 주어지는 작업 환경이나 보수가 단권책에 비해 떨어지니 아무래도 책의 완성도가 떨어질 수도 있다.

미취학 아동은 잘 뛰어 놀아야 한다는 것이 나의 지론이다. 놀이는 밥, 책은 반찬일 뿐이다. 수단과 목적이 전도되지 않도록 조심하려 한다. 또한 권수 채우기에 급급하지 않는다. 가끔 육아 블로그에는 아이가 책을 하루에 몇 권씩 읽었는지 책 목록을 자랑스럽게 사진으로 찍어 매일 기록으로 남기는 엄마들도 있다. 많이 읽어주는 것 자체야 물론 나쁘지 않다. 다만 꾸준히 오랫동안 그렇게 많이 읽어줄 수 있을지 의문이다.

나는 아이 책 읽어주기에도 최소습관을 적용하고 있는데, 하루 1권(이상) 읽어주기다. 부담 없이 하루에 1권만 읽어주면 나의 임무는 끝이다. 물론 아이가 더 읽어 달라고 하면 더 읽어준다. 하지만 '하루에 10권이냐, 매일 1권씩 열흘이냐'라고 묻는다면 망설임 없이 후자라고 대답하고 싶다. 하루도 빠짐없이 꾸준히 실천하여 좋은 습관을 남겨주는 것이 나에겐 더욱 중요하기 때문이다.

얼마 전에 만난 친구는 올해 일곱 살이 된 딸을 데리고 나왔다. 여섯 살 때부터 한글을 자연스럽게 읽고 쓸 수 있었다고 해서 깜짝 놀라며 칭찬했더니 친구는 이 맘 때는 당연한 거라고 대답한다. 책 읽히는데 관심이 많으면서도 한 번도 한글을 가르칠 생각은 안 했기에 여러 생각이 들었다.

어떤 사람들은 아이가 책을 좋아하니 엄청나게 똑똑하겠다고 물어보기도 한다. 솔직히 생후 6개월 전부터 무릎에 앉혀 책을 읽어주며 엄마가 설레발치던 것에 비해 아이는 정말 소박하게 자라는 중이다. 세 돌 때까지 말이 너무 늦어 언어치료를 받아야 하나 고민한 적도 있을 정도다. 하지만 친정엄마가 "제 때 되면 다 한다"고 하시더니, 그 말처럼 왜 그런 고민을 했나 싶을 정도로 어느 순간 말이 봇물처럼 쏟아져 나왔다. 확실히 말의 유창성은 대화보다는 책에서 본 문장에서 나오는 것 같다. 가끔 '저런 어휘를 어떻게 알고 쓰지?' 하고 놀랄 때가 있는데, 가만히 생각해보면 전에 읽어줬던 책에서 나왔던 말들이었다.

나는 더 이상 책을 사교육의 방패막이로 쓰겠다든가, 내 아이를 독서영재로 만들겠다는 생각은 하지 않는다. 다만 어릴 때부터 책이 친구가 되어 준다면 인생의 든든한 아군이 될 것이라 믿는다. 오래된 나무의 나이테처럼 켜켜이 쌓인 나와 내 아이의 책은 삶의 선택 길에서 중요한 푯대가 되어줄 것이다.

나는 오늘도 스마트폰의 도서 앱을 켜본다. 한 번도 안 읽어본 아이는 있어도, 한 번만 읽어본 아이는 없다는 백희나 씨의 그림책이 새로 나왔다! 바로 주문한다. 좋은 그림책이 나왔는지 검색해보는 것은 항상 큰 즐거움이다.

워킹맘은 죄인

여느 워킹맘처럼 나도 육아휴직이 끝나갈 때가 되자 큰 고민에 빠졌다. 꼭 복직을 해야 하나 싶어서다. 생활비 몇 푼 벌겠다고 아이를 버려두는 것 아닌가 고민했다. 대단한 전문직도 아니고, 대단한 돈을 버는 것도 아닌데 이제 겨우 돌을 앞둔 아기를 두고 다시 풀타임으로 근무할 생각을 하니 가슴이 뻐근했다. 복직을 2개월 남짓 앞두고는 너무 걱정이 되어 잠도 오지 않을 정도였다.

결국 나는 복직을 했다. 일단 해보자는 마음이었다. 사실 그 때는 아이 병원비가 적잖게 들어가던 때라 돈도 필요했다. 또 한편으로는 일을 하면서 조금씩이라도 자기계발을 위해 노력하는 나를 포기하고 싶지 않아서였다. 그리고 조금은 육아가 너무 버거워 도망가고 싶었다. 말도 통하지 않는 아기와 24시간 내내 같이 있으면 숨이 턱 막히는 것 같았다.

결코 쉽지 않았던 임신 과정을 통해 어렵게 만난 귀하고 귀한 아기라 낳기만 하면 슈퍼 모성애가 발동할 줄 알았다. 하지만 만성 수면 부족으로 인한 피곤함은 아기가 처음 세상에 나왔던 그 감격도 잊게 했다. 선천적 예민 기질의 아기는 정말 나를 지치게 했다. 돌이 한참 넘어서까지 안아 재웠으니 말이다. 또 왜 그렇게 울어대는지 알 수가 없었다. 저도 세상에 처음 태어나서 적응하느라 힘들겠지만, 나도 엄마 노릇은 처음인데 말이다. 왜 우는지 알 수 없어 적절히 대응해주지 못하니 아이는 더 목소리 높여 울어댄다. 솔직한 육아의 일상이란 똥과 젖과 피곤으로 점철된 지난하고 지루한 과정이었다. 누군가 '일 할래? 애 볼래?' 물으면 백이면 백 '일 할래!'라고 외친다는 건 정말 거짓말이 아니다. 육아는 결단코 쉽지 않다.

그 시대마다 유행하는 대세 육아 이론이 있는 모양이다. 그리고 현재까지 가장 많이 회자되는 것은 애착 이론이다. 만 3세까지 아기와 엄마가 제대로 된 애착관계를 형성해야만 안정적인 성품을 가진 사람이 된다는 것이다. 이 3년의 기간은 애착 형성에 결정적인 시기다. 안정된 애착 형성을 토대로 언어, 정서, 지적 자극을 받으며 아이는 점차 주도적인 하나의 인격체로 자라간다.

요즘 하도 생후 3년이 강조되다 보니 기관(어린이집, 유치원)에 너무 일찍 아기를 보내는 것에 조금 회의적인 엄마들은 만 3세까지는 자신의 품에서 키우려고 한다. 어떤 스님은 모든 워킹맘에게 3년의 육아휴직을 줘야 한다고 주장하셨다. 다 좋은 이야기다. 하지만 고용주가 고용인에게 얼마나 '쿨'한 입장인지 스님은 잘 모르시는가 싶었다.

필요 없으면 바로 다른 사람을 적당히 뽑아 교육시켜 쓰면 되는데, 누가 3년씩 육아휴직을 줄는지 솔직히 현실과는 동떨어진 이야기다.

우리 회사는 출산휴가와 육아휴직을 붙여서 일 년간의 휴직이 제공된다. 아기에게 전념할 수 있는 유일한 시간이기에 정말 감사하게 생각한다. 그런데 남자직원들의 이야기를 빌려 보자면 '여기는 정말 좋은 회사'라는 것이다. 자신의 아내는 그런 휴직을 써보지도 못했다면서 말이다. 아직도 육아휴직이 아기를 낳은 후 쓸 수 있는 당연한 권리가 아닌 '아주 특별한 혜택'이라는 인식이 남아 있다. 육아휴직은 아이를 낳았다면 응당 쓸 수 있는 당연한 권리여야 한다.

워킹맘은 이래저래 죄인이다. 회사에서도 반쪽짜리 직원, 집에서도 반쪽짜리 엄마라는 자괴감이 든다. 업무의 연장선이라는 회식은 아이가 더 어렸을 땐 거의 참석한 기억이 없다. 최대한 빨리 집에 돌아가 아이와 시간을 보낼 수 있도록 칼퇴근을 사수했다. 집에 돌아가 컨디션이 나쁘지 않은 날은 최대한 아이 옆에 붙어 열심히 놀아준다. 그마저도 컨디션이 좋지 않은 날은 아이를 밀어내기 바쁘다. 몸은 피곤하고, 마음은 미안한 어정쩡한 상태로.

이현수의 〈하루 세 시간 엄마 냄새〉라는 책을 복직 전에 읽었던 적이 있다. 한마디로 정의하자면 '최소한 하루 세 시간만이라도 온전히 아이에게 집중하자'이다. 책에서 제시하는 333법칙(하루 3시간 이상 아이와 같이 있어 주어야 하고, 발달의 결정적 시기에 해당하는 3세 이전에는 반드시 그래야 하며, 피치 못할 사정으로 떨어져 있다 해도 3일 밤을 넘기지 말아야 한다)을 회사 복직 후 열심히 따르고 지켰다. 최소한 하루 3시간 아이에게 집중하자는 마음에 스마트폰에서 어르신들이나 쓸 법한 효도폰으로 바꾸기도 했다. 처음부터 숙박이 필요한 출장은 아예 젖혀두었다. 솔직히 아이가 좀 클 때까지는 승진이나 연봉인상도 어느 정도는 포기하자는 마음이 컸다.

3이라는 숫자에 참 많이 집착했다. 집으로 오자마자 아이의 살 냄새를 맡고 비비기를 3년. 아이가 돌 무렵이 된 2살 때 복직하여 지금 5살이 되었다. 만 3세까지 형성된다는 애착이 확고해졌냐고 묻는다면 글쎄, 난 뭐라고 해야 할까. 왜 이렇게 자신이 없을까.

가끔 시간을 양이 아닌 질로 쓰라고 조언하는 사람들도 있다. 전업맘이라고서 해서 아이에게 꼭 좋은 영향을 미치는 것도 아니라며, 종일반 어린이집을 보내고, 어린이집에 다녀와서 내내 텔레비전이나 보는 환경이라면 아무리 엄마가 붙어 있다고 해도 뭐가 좋겠느냐고 극단적인 비유를 들면서 말이다. 하지만 기본적으로 '질'이란 '양'이 어느 정도 수반되어야 통하는 개념이다. 임계점이란 물질의 상태가 바뀌게 만드는 힘의 작용점이다. 물이 끓어오르려면 100℃가 되어야 한다. 하지만 갑자기 100℃로 오르는 법은 없다. 100℃가 되기까지 미지근함, 조금 더 뜨거워짐이라는 계속적으로 이어지는 과정들이 있다.

육아에도 시간의 질로만 따질 수 없는 같이 보내는 시간의 '양'이 수반되어야 한다는 말이다. 어느 분야에서건 프로의 자리에 오르기 위해선 필수로 수반되는 연습시간들이 있고, 관계를 만들기 위해서 공을 들여야 하는 시간들이 있듯이 말이다. 육아도 투입하는 시간 대비 기대할 수 있는 성과라는 점에선 별반 다르지 않지 싶다.

성장한 아들에게

내 손은 하루 종일 바빴지.
그래서 네가 함께 하자고 부탁한 작은 놀이들을
함께 할 만큼 시간이 많지 않았다.
너와 함께 보낼 시간이 내겐 많지 않았어.
난 네 옷들을 빨아야 했고, 바느질도 하고, 요리도 해야 했지.
네가 그림책을 가져와 함께 읽자고 할 때마다
난 말했다.
"조금 있다가 하자. 애야."

밤마다 난 너에게 이불을 끌어당겨 주고,
네 기도를 들은 다음 불을 꺼주었다.
그리고 발끝으로 걸어 조용히 문을 닫고 나왔지.
난 언제나 좀 더 네 곁에 있고 싶었다.

인생은 짧고, 세월이 쏜살같이 흘러갔기 때문에

한 어린 소년은 너무 빨리 커버렸지.

그 아인 더 이상 내 곁에 있지 않으며

자신의 소중한 비밀을 내게 털어놓지도 않는다.

그림책들은 치워져 있고

이젠 함께 할 놀이들도 없지.

잘 자라는 입맞춤도 없고, 기도를 들을 수도 없다.

그 모든 것들은 어제의 세월 속에 묻혀 버렸다.

한때는 늘 바빴던 내 두 손은

이젠 아무것도 할 일이 없다.

하루하루가 너무도 길고

시간을 보낼 만한 일도 많지 않지.

다시 그 때로 돌아가, 네가 함께 놀아 달라던

그 작은 놀이들을 할 수만 있다면.

— 류시화의 《지금 알고 있는 걸 그 때도 알았더라면》

집 문을 열고 들어가면 강아지처럼 뛰어와 품에 안기는 내 아이.

잘 땐 꼭 엄마 목을 손으로 감고 얼굴을 비벼야 잠이 드는 내 아이.

이 시간도 금방 지나가 버리겠지 싶어 아쉽고 아련하기만 하다.

　아이와 충분히 있어주고 싶은 마음과, 회사에서도 인정받고 싶은

　　　　　　　　　　　　　　　　　　　　　　　　일상이 독서다

마음이 오늘도 충돌하는 나의 이름은 워킹맘. 아이와 회사만 생각하면 아직도 난 죄인 같다.

조기교육과 적기교육

얼마 전 신문에서 극성스럽게 태교를 한다는 임산부의 기사를 읽은 적이 있다. 태아의 머리가 좋아지라고 〈수학의 정석〉을 풀고, 뱃속에서부터 영어에 익숙해지라고 영어책을 읽어 준다고 했다. 아이를 보란 듯이 잘 키워 부족해 보이는 내 인생을 보상받을 심리인지, 훌륭한 가업을 이을 '야망 어린이'를 키울 심산인지 각자의 속사정까지야 모르겠지만 뱃속에서부터 조기교육이라니, 이건 좀 아니지 싶다. 최고의 태교란 엄마가 행복을 느끼는 상태이며, 엄마가 행복해야 태아도 건강하게 잘 자란다는 것은 우리 모두가 아는 사실이다.

올해 다섯 살이 된 딸아이를 데리고 나가면 으레 이렇게들 물어본다.

"어디 유치원 다녀요?"

"안 다녀요."

"아…. 그럼 어디 어린이집 다녀요?"

"안 다녀요."

"…왜요?"

아이가 걸어 다니기만 하면 어린이집에 보내는 것이 언제부턴가 당연해졌다. 엄마에게 개인시간이 생기는 점은 둘째 치고, 기관에서 아이 나름의 사회성을 배운다고 한다. 하지만 만 3세까지는 또래끼리 같이 있어도 같이 어울려 논다고 할 수는 없다. 같은 장소에 있을 뿐, 가만히 살펴보면 각자 놀고 있는 경우가 많다. 조금만 더 지나면 좋든 싫든 사회라는 무대에 소속되어 언제든 사회성을 개발하고 발휘해야 하는데, 태어난 지 몇 해 되지도 않는 아이들을 두고 사회성 운운하는 것은 좀 우스운 이야기다.

우리 아이는 태어나자마자 큰 수술을 받은 데다 아직 폐가 약하기에 기관에 보내기가 망설여진 것도 사실이다. 어린이집, 유치원을 일컫는 기관은 아직 어리고 면역력이 약한 아이들이 같이 어울리는 곳이기 때문에 온갖 질병을 옮아오기에 아주 적합한 장소다. 하물며 어린이집 원장님이 상담 때 '일 년 내내 감기를 달고 살 테니 그건 각오하시라'고 했을까. 또래보다 약한 딸아이가 일 년 내내 감기, 장염에 수족구를 달고 올 생각을 하니 아찔해서 보내기가 두렵다.

하지만 그것 말고도 아직 풀리지 않는 의문이 있다. 8세가 되어 초등학교에 입학한 이후에 계속 단체생활을 의무적으로 해야 하는데, 벌써부터 '어린이 군대' 생활을 미리 경험해야 하는가 하는 점이다.

여섯 살 때부터 한글을 자유롭게 읽고 썼다는 친구 딸의 이야기를 들으며 기가 살짝 죽기도 했다. 기관에 다니면 확실히 한글을 배우기가 수월하다는 친구의 이야기를 들으며 솔직히 귀가 솔깃했다. 하지만 좀 더 길게 생각해보니 1~2년 전 미리 한글을 떼는 것이 인생 전체에 그렇게 큰 문제인가 싶다.

요새는 초등학교 입학 후에 한글을 배우는 것이 아니라, 한글을 떼고 들어가는 것이 입학의 기본전제라고 한다. '입학 전엔 충분히 놀게 해야지'라고 생각했던 엄마들도 입학이 코앞에 닥치면 마음이 바빠지기 시작한다. 나름 소신을 지켜 '충분히 놀렸던' 엄마들도 막상 입학 후 '다른 아이보다 뒤처지면 어떡하지'라는 걱정 앞에선 속수무책인 듯하다. 이렇게 글을 쓰고 있는 나부터도 내년에 아이가 여섯 살이 되고, 입학을 일 년 앞둔 일곱 살이 되면 지금처럼 느긋하지 못할 수도 있다.

한 지인의 아이는 일명 우등생이다. 어렸을 때부터 사교육으로 철저하게 다져졌다. 영어유치원은 물론 어렸을 때부터 팀을 꾸려서 국영수 과외를 받았다. 수영, 악기, 미술 과외를 받는 것은 물론 줄넘기, 인라인 스케이트까지 과외를 받는다고 할 땐 솔직히 놀랐다. 이젠 놀 줄도 모르는 아이들에게 밖에서 뛰놀기 과외까지 받게 해야 할 판이구나 싶어서 말이다. 과외는커녕 기관도 안 보내고 있는 어수룩한 내게 지인은 충고를 한다. 지금부터 인맥을 다져놔야 한다고. 유치원 때 엄마들과 맺은 인맥이 학교에 가서도 힘을 발휘한다고 말이다. 초등학교 1학년 때는 아이가 아직 어리고 미숙해서 친구 엄마들을 여러 명 알아두고 친분을 쌓아두었다가 필요할 때마다 연락할 수 있어야 학교생활이 편하다고도 말해줬다. 수시로 학교에 찾아가볼 수 없는 워킹맘에게는 그런 인맥이 절대적으로 필요하다는 말도 잊지 않았다.

인생의 목표가 이른바 SKY 입학과 대기업 입사라면 조기교육을 받는 것이 잘못되었다고 말할 수는 없을 것이다. 다만 극성스럽게 공부를 시켜 대망의 SKY를 나와도 대기업 입사가 보장되지 않는다는 점과, 대기업이 인생을 든든하게 지켜줄 철밥통이 되어주지 못할 수도 있다는 변수를 따져봐야 하지만 말이다.

생각해보면 배움에 적합한 때가 분명 있다. 그 때를 적기라고 부른다. 교육에도 적기가 있다. 그 시기까지 이루어진 경험과 사고가 축을 이루어 훨씬 수월하게 배울 수 있는 시기 말이다. 때로는 '조기'보다 시기에 맞는 '적기'가 더 큰 힘을 발휘하기도 한다.

8살이 되어 쉽게 뗄 수 있는 한글을 4살 때 어렵게 교육시킬 필요가 있을까? 솔직히 몇 개월에 걸쳐 영어교육을 받은 3세 아이가 "Thank you." "You're welcome." 이런 몇 마디 할 줄 아는 것이 무슨 큰 의미가 있는가 싶다. 몇 년 후엔 그보다 훨씬 배우기가 수월한데 말이다. 언어를 연구하는 학자들과 조기교육에 찬성하는 엄마들은 아이의 '결정적 시기'를 이야기한다. 일정 기간 안에 언어를 접하지 못하면 나중에 아무리 말을 할 수 있게 되어도 완벽한 언어 습득이 불가능하다는 이유를 내세워 어릴 때일수록 언어를 배우기가 훨씬 유리하다는 이론을 내세운다. 하지만 더 많은 전문가들과 연구결과들은 조기 문자교육의 폐해가 적지 않음을 지적한다.

4개 국어를 유창하게 구사한다고 하여 세상의 이목을 집중시켰던 6세 중국 소녀가 있었다. 소녀는 중국어, 영어, 프랑스어, 일본어에 능통하여 외국어 천재로 알려졌다. 아버지는 외국계 은행의 통역사이고, 어머니는 학원에서 영어를 가르쳤기에 워낙 어릴 때부터 영어로 대화를 시작했다는 것이다. 하지만 얼마 지나지 않아 아이가 방문을 잠그고 문 밖으로 나오지 않았고, 아이를 진단한 결과 실어증이었다. 너무 어린 나이에 여러 언어를 습득하면서 언어 계통에 문제가 생긴 것이라고 의사는 소견을 밝혔다.

– 이기숙의 《적기교육》

한창 유행했던 독서 영재교육의 폐해 사례도 있다. 만 29개월에 1만 권이 넘는 책을 읽었다는 독서 영재로 불린 아이였다. 하지만 영유아 발달검사 결과, 지능은 또래보다 낮았고 엄마와의 애착관계에도 문제가 있다고 했다. 게다가 아이가 자폐증 성향이 있는 것으로 나타났다. 충격적인 것은 엄마가 아이의 자폐 성향 증상에 대해 대수롭지 않게 생각하며 '독서 영재라면 일어날 수 있는 현상'이라고 치부했다는 것이다.

– KBS-TV 읽기혁명팀 《뇌가 좋은 아이》

이런 생각을 가진 엄마 밑에서 행복한 아이로 자랄 수 있을지 의문이다. 감히 말하건대 아이에게 있어 엄마는 '전부'다. 아이가 책을 집어들 때마다 엄마가 좋아하는 모습을 반복해서 보여준다면 아이는 진심으로 책을 좋아해서가 아니라 '책을 집어 드는 내 모습을 엄마가 좋아해 주어서' 책을 읽는 척 하는 것이 아닌지 조심해서 살펴볼 일이다.

그럼 조기교육보다 선행되어 내 아이에게 해줘야 할 것은 무엇일까. 단연 '좋은 습관 만들기'일 것이다. 아주 기본적이지만, 평생을 살며 중요하게 지켜져야 할 생활습관들 말이다. 예를 들어 일어나자마자 깨끗하게 세수를 하고, 음식을 먹기 전엔 손을 씻고, 식사 후엔 양치를 하는 것. 어른들에게 예의 바르게 인사하고, 사람들과 좋은 말을 쓰는 것. 친구들과 공감하며 어울릴 줄 아는 것. 잘 자고 일찍 일어나는 것. 너무 당연해서 중요하게 여기지 않는 이 같은 기본 습관들을 길러주는 것이 우선인 것 같다.

한때 큰 인기를 모았던 '아빠 어디가'라는 TV 예능 프로그램이 있었다. 아빠와 함께 여행을 떠나는 아이들의 모습을 담았는데 아이들이 얼마나 귀여운지 볼 때마다 흐뭇한 미소를 짓게 해줬다. 그 중에서도 유독 눈에 띄는 아이가 있었는데 바로 성준이다. 어느 날은 담력 테스트를 한다며 밤늦게 아이들끼리만 폐가를 들어가는 상황이 연출되었다. 친구인 윤후가 두려움에 그만 다리가 풀려 "포기할까봐"라고 했더니 성준이 의젓하게 윤후를 응원한다. "우린 하나잖아.

네가 우리의 마지막 희망이었어"라고 말하며.

　겨우 8살인 성준이도 무섭지 않았을 리 없다. 하지만 그 상황에서도 '도망가자'가 아니라 '괜찮다. 같이 해보자'라고 친구를 위로하고 공감해주는 능력이 놀라웠다. 조기교육보다 선행되어야 할 것은 이런 감성 지능을 키워주는 일이 아닐까 하는 생각이 들었다.

　딸아이가 태어나고 돌이 되지 않은 시점에서 한 영어교육 기업에서 무료 DVD를 보내왔다. 일명 '달걀 영어'라고 불리는데, 영어 교육에 조금이라도 관심이 있는 엄마라면 누구나 알 법한 브랜드다. 무슨 내용인가 궁금해서 틀어보았는데, 옆에서 보고 있던 아직 말도 못하는 아이가 ABC송을 흥얼거리는 것이 아닌가? 순간 솔깃해져서 바로 가격을 알아봤지만 내 한 달 월급을 훌쩍 넘는 가격에 좌절했다. ABC송을 흥얼거리기만 해도 귀가 솔깃해지는데, 아이가 시키는 대로 잘 따라오고 아웃풋까지 팍팍 나오는 상황이라면 집을 팔아서라도 제대로 교육시키고 싶은 유혹이 들 수 있다.

　하지만 엄마인 내가 중심을 잡자고 다시 마음을 다잡는다. 옆집에서 한글 공부시킨다고 솔깃해져서 한글 교육, 영어 유치원을 보낸다고 하니 바로 영어 교육, 내 아이가 조금이라도 경쟁사회에서 밀리기라도 하면 어쩔까 하는 두려운 마음에 엄마가 갈대처럼 흔들리면 그 길로 내 아이의 인생까지 쥐고 흔들 수도 있다.

　인생 백세시대다. SKY가 일류인생을 보장하지 않는다. 운 좋게 SKY를 거쳐 일류 대기업에 들어갔다 하더라도 정년도 못 채우고 나와야 한다. 회사를 나온 이후에는 무엇을 하며 살 것인지도 생각해야 한다. 평생직장이 아니라 평생직업에 대해 진지하게 고민해야 하는 시대다. 돈 몇 푼 주고 경험하는 키자니아(글로벌 직업 체험 테마파크) 같은 수박 겉핥기식 직업 체험이 아니라 내 아이의 마음을 읽어주는 일, 적성을 찾아주는 일을 우선으로 해야 하지 않을까? 삶의 호흡을 길게 해주는 경험이 무엇인지 고민하는 것, 그것이 엄마의 역할이지 싶다.

너무 오버하지 말자

가수 이적의 엄마이자 여성학자인 박혜란 씨의 육아법이 한창 화제가 된 적이 있었다. 그도 그럴 것이 세 형제를 모두 서울대에 입학시킨 데다 그녀 자신도 여성학자로서 제법 성공가도를 달렸기 때문이리라. 사람들이 그녀에게 묻는 질문은 대부분이 "하나도 힘든데 어떻게 셋을 전부 서울대에 보냈어요?"란다. 그녀의 육아 소신을 담은 책이 베스트셀러가 되어 명실공히 그녀는 후배 맘들의 롤 모델이 되었다. 엄마뻘로 육아계의 한참 선배랄 수 있는 그녀의 이야기에 우리 초보 육아 맘들은 마음의 위로와 여유를 얻는다. 책의 첫머리에 쓴 그녀의 이야기를 들으며 한 번 더 공감한다.

'아이들은 힘이다. 옆에서 지켜보는 것만으로도 부모는 충분히 행복하다. 잘 키우겠다고 너무 오버하지 말자.'

한때 '타이거 맘'이라는 단어가 유행했다. 말 그대로 호랑이처럼 엄격하게 아이를 관리하는 엄마의 육아법이다. 전 과목 올A 학점을 받아오도록 명령하고 어떤 식으로든 성취를 하도록 엄격하게 교육시켰는데 큰딸이 하버드와 예일대에 동시 합격하면서 에이미 추아Amy Chua의 타이거 육아법은 더욱 화제가 되었다. 하지만 지나치게 엄격한 엄마의 육아 태도가 아이의 창의성을 망칠 우려가 있다는 목소리도 덩달아 높아졌다. 그 이후에 '스칸디 맘'이라는 유행어도 생겼다. 스칸디 맘은 아이에게 모든 것을 맞추고 희생하던 분위기에서 벗어나 엄마 또한 자녀와 동등한 입장에 선다고 한다. 엄마 자신의 자기계발에도 관심이 많다. 아이의 교육에 올인 하는 대신 정서적 공감을 중요하게 생각한다.

박혜란의 육아론은 타이거 맘에도, 스칸디 맘에도 해당되지 않는 것 같다. 한마디로 압축하자면 '그저 바라보기' 정도다. 헬리콥터 맘이 되어 아이의 맞춤형 코디네이터로 활약하는 것을 유능한 엄마로 보는 시선과는 정반대의 이야기다. 아이는 내 뱃속에서 나왔을 뿐 독립된 하나의 인격체다. 아무리 엄마라고 해도 내가 아이를 조종할 권리까지는 없다. 하지만 그것조차도 어려운 세상이 되어 버렸기에 그녀의 육아론은 대단한 소신으로 들리는 것이다.

아이들의 성공적인 대학입시를 위한 필수요건들이 있다고 한다. 첫째는 엄마의 정보력, 둘째는 아빠의 무관심, 셋째는 할아버지의 재력이라고. 엄마의 정보력은 다른 무엇보다 성패를 가르는 제일 큰 요소라고 입시 최전선에 선 엄마들은 입을 모아 외친다. 대형 학원의 입시설명회마다 쫓아다니고, 학원의 컨설턴트를 통해 정보를 얻어오기도 한다. 아이의 성적순에 따라 과외 팀이 꾸려지고 그 엄마들끼리 삼삼오오 모여 다시 입시정보를 나누기에 바쁘다. 다행히 엄마의 정보력과 아빠의 무관심과 할아버지의 재력이라는 삼위일체가 힘을 발휘하여 결국 원하는 대학에 입학했다고 치자. 대학 입학 후에 아이가 갑자기 독립적인 인격체로 탈바꿈할지가 의문이다. 아침 기상부터 숙제 챙기기, 학원을 선택하는 것도 전부 엄마에게 의지하던 아이가 말이다.

조금 더 멀리 봐야 하지 않을까. 인생의 목표가 단순히 일류대 입학이 아니라면 말이다. 우리 부모님 세대야 고도성장 시대의 산업 역군으로서 '먹고 사는 것'이 지상최대의 목표였다. 잘 먹고 잘 살려면 철밥통이라 불리는 좋은 곳에 취업을 해야 했고, 좋은 곳에 취업을 하기 위해 좋은 학교에 가려고 노력했다. 하지만 지금은 그런 세대가 아니다. 좋은 학교를 나와도 좋은 회사에 들어가기가 힘들 뿐더러 철밥통 자체가 존재하지 않는다.

이미 시대가 많이 바뀌었는데, 제일 바뀌지 않은 것은 교육에 대한 인식인 것 같다. '교육만능 세대'의 종말은 이미 진행 중인데 말이다.

몇 년 전에 막내 이모네 쌍둥이 남매가 서울대, 한의대에 나란히 입학했다. 공부를 잘한다고는 들었는데 둘 다 그렇게 뛰어나게 잘하는 줄은 몰랐다. 게다가 서울 강남 한복판도 아니고 지방 소도시 출신이다. 막내 이모네를 놀러 갔을 때 '집에 책이 참 많네'라는 인상을 받았다. 쌍둥이들은 시골 할머니네나 친척집에 놀러 갈 때도 항상 책을 들고 와서 틈틈이 읽었다. 처음부터 책을 좋아하는 아이는 없다. 이모와 이모부가 책 읽기를 좋아하고 집에서도 틈틈이 책 읽는 모습을 보여줬을 것이다. 이모가 논술학원을 운영했으니 제 또래 아이들이 읽는 책도 집에 많았고, 지적 자극도 충분했을 것이다.

박혜란 작가가 말하길 아이들에게 지적 자극을 준 유일한 물건은 '집에 널브러진 책'밖에 없었다는 이야기를 한다. 워낙 게걸스럽게 책 읽기를 즐겼던 본인과 남편 덕에 집은 항상 책으로 난장판이었단다. 결혼 후 뒤늦게 사회학 공부를 시작한 그녀가 큰 책상 앞에 앉아 공부를 시작하면 텔레비전을 보고 있던 세 아이들이 의자를 하나씩 끌고 와 그녀와 함께 공부를 했다는 부분이 인상적이다.

아이들에게 가장 큰 영향력을 주는 것은 부모의 '말'이 아니라 '행동'이라는 것을 여실하게 느낀다. 나 또한 집안일을 대충 끝내놓고 잠깐 쉴 요량으로 책 한 권을 뽑아 가볍게 읽고 있으면 딸아이가 제 그림책을 한 권 뽑아와 내 옆에 앉아 같이 읽기 시작한다. '우리 아이가 책을 안 읽어요. 어떻게 독서 습관을 붙일 수 있을까요?'라고 고민을 상담하는 엄마들의 글을 육아 카페에서 종종 읽는데, 엄마가 책을 좋아하고 자주 읽는 모습을 보여주면 된다. 아이들은 부모의 행동을 그대로 따라하게 되어 있다.

내가 육아에서 가장 중요하다고 생각하는 부분은 두 가지다. '일관성'과 '자율성.' 일관성은 내 감정에 의해 상황마다 다른 판단을 내리지 않는 것이다. 물을 엎지른 아이에게 기분 좋은 날은 "괜찮아. 그릴 수도 있지"라고 했다가, 기분이 좋지 않은 날은 "아직 물도 제대로 못 마셔? 똑바로 못해!"라고 소리를 지르지 않는 것. '자율성'은 정말 위험한 상황이 아니라면 여러 상황을 혼자 경험해볼 수 있도록 배려하는 것이다. 자아심리학의 대표적 이론가인 에릭슨의 발달단계이론에 따르면 아이는 생후 1단계인 '신뢰 VS. 불신'의 단계를 거쳐 2단계인 '자율성 VS. 수치'의 단계로 나아간다. 2단계에서 아이는 세상에 대한 호기심을 넓혀가고 무엇이든 도전해보고 싶어 한다. 이 때 아이의 도전을 성공적으로 경험할 수 있게 도와주면 아이는 주도성을 키워간다. 반대로 부모가 엄격하게 통제하거나 무조건 위험하다며 과잉보호를 하게 되면 아이는 수치심을 느낀다. 따라서 부모는 아이나 다른 사람에게 위험을 주는 상황이 아닌 이상 최대한 스스로 해볼 수 있도록 기회를 줘야 한다는 것이다.

확실히 내 딸아이도 3세가 되면서부터 "내가 할래"를 입에 달고 산 것 같다. 밥도 내가 먹을래, 책도 내가 넘길래, 신발도 내가 신어볼래. 아직 손이 여물지 않은 아이가 너무나 느린 속도로 신발을 신으려 애쓰고 있는 모습을 보면 가끔 나도 속이 탄다. 빨리 나가야 약속 시간에 늦지 않을 것 같아 급한 마음에 "엄마가 도와줄게"라고 나서면 아주 난리가 난다. 아이를 배려한다는 것은 '내가 도와주겠다'고 나서는 것이 아니라 처음부터 엄마가 시간 여유를 넉넉하게 두고 천천히 기다려 주는 것이고, 아이가 도전할 수 있는 기회를 충분히 주는 것이라는 것을 깨닫는다.

이 시기에 자율성을 제대로 가지고 발달한다면 다음 단계인 주도성이라는 과제도 잘 풀어갈 수 있다. 5세가 된 지금은 이전보다 더 '내가 하겠다'며 매우 적극적이다. 하다못해 냉장고 문을 열고 닫는 것조차도 자신의 일이라고 생각해서 엄마는 손도 못 대게 한다. 무조건 자신이 하겠다고 떼를 쓰는 경우도 있어서 화가 나기도 한다. 하지만 이 시기의 '내가 할래'를 억눌러 버렸다가는 아이는 주도성 대신 죄책감을 가질 수 있기에 최대한 본인이 해볼 수 있도록 배려한다.

어려운 이론을 들먹거리지 않더라도 우리 엄마들은 다 알고 있다. 아이에게 최대한 도전할 기회를 주고, 경험할 시간을 주는 것이 중요하다는 것을 말이다. 다만 우리 엄마들도 엄마 노릇은 처음이기에 느긋하게 마음먹기가 쉽지 않을 뿐이다.

가끔 친구들과 대화하다 육아에 관한 나의 소신을 이야기하면 '네가 아직 세상을 잘 몰라서 하는 이야기'라고 치부 당하고 만다. 그럴지도 모르겠다. 난 겨우 다섯 살짜리 딸 하나를 키워봤을 뿐이고, 입시 전쟁터인 강남 언저리에서 살아본 적도 없으며, 나 자신이 입시 때문에 고통스러웠던 적도 없었다. 누군가가 보기엔 너무나 속 편한 소리만 한다고 할지도 모르겠다. 하지만 자주 생각한다. 내 아이가 본격적인 입시를 앞둔 상황이 되었을 때라도 나의 소신은 놓지 말아야겠다고 말이다. 박혜란 작가가 말한 것처럼 '너무 오버하지 말고 지켜봐 주자'는 소신 말이다.

왜 우리는 따로따로 경쟁해야만 하는 사회 속에서 사는 걸까. 내가 너를 밟아야 위로 올라갈 수 있고 성공할 수 있다는 신화를 믿고 사는 걸까. 생각해보면 아이들의 입시에 목숨 거는 엄마들이 개인적이고 이기적이라 그런 것이 아니라 따로 경쟁해야만 하는 사회 속에서 살다 보니 어쩔 수 없이 그렇게 된 것이다. 아이의 미래를 위해 그렇게 할 수밖에 없다고 말하는 엄마들을 누가 비판할 수 있을까.

갑자기 한숨이 나온다. 다 같이 잘 살 수는 없을까? 꼭 치열하게 경쟁하지 않더라도 말이다. 이런 이야기를 하면 누군가는 "대안학교에 보내면 되겠네"라고 속 편하게 말한다. 겨우 대안학교가 대안이란 말인가? 입시라는 한 과정에 국한되지 않고 내 아이와 그의 친구들이 경쟁하지 않고도 행복하게 살아가는 사회는 오지 않을까. 엄마로서, 사회의 구성원으로서 내가 할 수 있는 일은 없을까. 다시 한 번 한숨이 나온다.

감정의 하수구

내 아이는 애정 주머니가 크다. 내게 참 많이 매달리고, 수시로 살을 비벼댄다. 혼자 진득이 앉아 노는 시간이 거의 없다. 계속 같이 놀아줬으면 한다. 주말에 하루 종일 붙어 있는 시간에는 거의 3초 단위로 엄마를 부른다.

반면에 나는 반드시 혼자 있는 시간이 필요하다. 사람들과 부대낀 시간만큼 '혼자서 멍 때리는 시간충전'이 필요하다. 회사 사람들뿐만 아니라 가족들과의 시간도 마찬가지다. 주말에 3초 간격으로 아이가 엄마를 불러댈 때 난 아찔한 피로감을 느낀다.

가끔 '엄마' 소리를 듣고도 모른 척 한다. 이제 그만 좀 불렀으면, 혼자 좀 놀아줬으면 할 때가 있다. 어느 날 회사에서 너무 피곤한 상태로 돌아왔는데 아이는 여느 때처럼 엄마를 살갑게 부른다.

"엄마! 같이 놀자!"

제발 나 좀 내버려 두지 싶었다.

"엄마 피곤해. 혼자 놀면 안 될까?"

실망한 기색이 역력한 아이. 포기하지 않고 한 번 더 찔러본다.

"엄마, 우리 같이 술래잡기할까? 얼마나 재미있는데."

나는 그만 화를 내고 말았다.

"엄마 지금 막 들어온 거 안 보여? 좀 쉬어야지. 힘들다니까."

내 아이가 나보고 돈 벌어 오라고 한 것도 아니고, 직장 다니겠다고 선택한 건 자기 자신이면서, 왜 힘들다고 아이한테 짜증을 내나. 매번 만만한 아이에게 감정을 쏟아낸다. 남편이 미워도 짜증은 아이에게, 회사에서 힘들어도 짜증은 아이에게. 내 감정의 하수구 밑으로 아이를 밀어낸다.

사실 아이와 집중해서 20분 정도만 놀아주면 아이는 어느 정도 만족감을 느끼고 혼자 노는 시간도 갖는다. 술래잡기 5분, 숨바꼭질 5분, 인형놀이 5분, 책 읽기 5분. 이렇게만 좀 해줄걸, 왜 나는 매번 아이를 밀어내기 바쁜 건지….

하루는 퇴근하고 손만 겨우 씻고 앉아 있는데 언제나처럼 아이가 내 몸에 매달리기 시작한다. 하루 종일 얼마나 엄마를 기다렸겠나 싶어 컨디션이 좋은 날은 비행기도 태워주고 하늘로 아이 몸을 날리는 동작도 해준다. 그러면 아이는 너무 좋아서 컥컥 소리까지 내며 웃어댄다. 하지만 컨디션이 좋지 않은 날은 저 작은 발이 내 다리에 얹혀 있는 것조차도 견디기가 힘들다. 엄마 힘드니까 그냥 옆에 앉으라고 해도 들은 체도 않고 다시 엄마 다리가 한라산이라도 되는 양 타고 올라온다. 그것도 모자라 등 뒤로 돌아가 매달리더니 내 긴 머리채를 가슴 쪽으로 휙 던진다. 순간 폭발한다.

"아, 정말 힘들다니까, 왜 그래?"

깜짝 놀란 아이가 눈치를 보며 그런다.

"엄마 힘드니깐 어깨 …해주려고."

아, 어깨를 주물러 주겠다는 뜻이었다. 요즘 어깨 결림이 다시 심해졌는지 매일같이 파스를 붙이고 안마기를 돌려도 영 시원하지가 않았다. 그 모습을 지켜본 아이가 어깨를 만져주면 엄마가 괜찮아질 거라고 생각한 것이다. 순간 미안함에, 부끄러움에 말을 잃는다. 그 고시리 같은 손이 내 어깨가 아니라 마음을 따뜻하게 주물러준다.

어렸을 때 나는 참 자신감이 없는 아이였다. 사람들과 말하는 것이 두려워 거의 입을 닫고 있었다. 쥐 죽은 듯이 조용히만 있던 나를 보고 고모부는 "찍소"라고 불렀다. '찍소리도 못 내는 아이'라는 의미로. 그 별명이 붙은 뒤로 나는 더 입을 뗄 자신이 없어졌다.

한 번은 유치원에 다니던 여섯 살 때, 엄마가 입기 싫은 빨간 원피스를 억지로 입혔다. 나는 그 원피스를 입지 않겠다고 울면서 버텼다. 결국 나보다 힘이 센 엄마에게 질질 끌려가다시피 하여 유치원에 도착했다. 여섯 살 때의 다른 기억은 거의 없는데, 그 사건만은 또렷하게 기억이 난다. 초등학교에 입학하고 나선 시간에 맞추어 화장실 가는 것이 익숙하지 않았다. 결국 하루 종일 화장실을 가지 않고 참았다가 집으로 돌아오는 길에 그만 바지에 소변을 보고 말았던 기억이 떠오른다. 왜 나라는 꼬맹이는 그렇게 자신감 없고, 불안한 날들을 보냈을까.

내년엔 내 아이도 유치원에 입학해야 하고, 3년 후엔 학교도 가야 한다. 내 아이는 나처럼 주눅 들지 않았으면 좋겠다. 하고 싶은 일은 눈치 보지 않고 자신 있게 했으면 좋겠다고 아이를 보며 생각한다.

아이는 아직 옷을 혼자 완벽하게 입진 못한다. 그래도 팬티며 내복 바지 정도는 저 혼자서도 입고 벗을 줄 알게 되었다. 다만 시간이 걸리지만 말이다. 오늘 아침도 빨리 옷을 갈아입고 교회에 가야 하는데, 아이는 바지 구멍에 다리를 엇갈려서 넣고 있다. 보다가 답답해진 나는 아이를 재촉한다.

"엄마가 도와줄까?"

"아니. 내가 할 거야."

단번에 거절했으면 잘 입어야지 또 세월아 네월아 저러고 있다. 저러다간 교회 예배시간에 늦겠다 싶어 결국 아이 옷 입는 걸 거들었다. 그랬더니 성질머리를 있는 대로 다 낸다.

"그렇게 늦게 입다간 지각하잖아. 네가 입기 힘들어 해서 도와주니깐 왜 짜증이야?"

단단히 화가 난 아이는 작은방으로 뛰어가면서 엉엉 운다. 다섯 살인데 벌써 저러면 대체 사춘기 때는 어떻게 감당하나 싶어서 나도 벌컥 화가 난다. 이미 예배시간에 늦은 건 뒷전. 누가 먼저 말을 거나 팽팽한 기 싸움을 하고, 서로 먼저 말 걸어주기를 기다린다.

한참 시간이 흐르고 백이면 백 아이가 먼저 쪼르르 달려온다. 화해의 의미로 잇몸까지 다 보이는 우스꽝스러운 웃음까지 지으면서. 그렇게 웃으면 엄마도 그만 화를 푼다는 걸 아이도 안다. 그러면 내 마음에 또 후회가 밀려온다.

'네 아이 이겨먹어서 좋으냐?'

아이는 울고 떼쓰다가도 자신의 전부인 엄마를 잃을까 봐 "엄마 미안해"를 입에 달고 산다. 그런 아이를 보면 가슴이 철렁한다. 세상에서 제일 만만하고 편안한 쉼터 같은 엄마조차 '미안한' 대상이 되어버리면 내 아이는 과연 다른 사람들과 어떤 관계를 맺을 것인가? 아이를 꼭 안고 말해준다.

"엄마가 더 미안해. 엄마도 화내는 횟수 줄일게. 너도 엄마한테 미안하다는 말은 그만해도 돼."

아이는 예의 그 잇몸까지 드러내는 미소를 지으며 엄마를 꼭 안아준다. 내가 아이를 키우는 것이 아니라 아이가 나를 키운다.

맞다. 엄마 노릇은 처음이다. 아이가 태어나 한 살이 되었을 때 나도 엄마 나이 한 살이 되었다. 잘 키워보겠다고 육아 파워 블로거들의 엄마표 먹거리들과 엄마표 교육에 관한 글을 읽자면 '아, 엄마 노릇하려면 저 정도는 할 줄 알아야 하나?' 싶은 마음에 자괴감마저 든다.

'아이 백일 땐 셀프 백일상 많이 해요.'

'육개월인데 아직도 점프루 안 들였어요? 필수예요.'

'돌인데 아직도 문센(문화센터) 안 다녀요? 아이 친구도 사귀게 해 줘야죠.'

인터넷상에서 정보를 공유하고 조언을 주는 엄마들. 아이가 아프면 일일이 병원에 가지 않고도 엄마들 조언만으로도 도움을 받을 수 있는 시대. 육아에 관한 정보가 전에 없이 넘쳐나는 시대. 아니 정보가 너무 많아서 엄마들이 정보의 바다에서 익사할 수도 있는 시대다.

파워 블로거 엄마와 다르게 키우면 내 아이를 망칠 것 같은 초조함. 정보는 넘쳐나는데 내 아이에겐 어떻게 적용해야 할지 모르겠는 막막함. 잘 키워보겠다는 어떤 육아법의 적용이 아니라 내 아이의 마음부터 읽어주는 것이 우선이 아닐는지. 오늘도 눈 뜨자마자 씩 웃으며 "엄마, 인형놀이하자"는 아이의 눈을 외면하지 않는 것이 우선이 아닐는지.

해마다 유행하는 육아법에 따라 '프랑스 맘'처럼 키웠다가, '유대인 맘'처럼 키웠다가, '스칸디 맘'처럼 키웠다가 하는 식으로 매년 바꿔 키울 수는 없다. 육아법 따라가다가 내 아이 키우는 법은 그만 잊어버리고 말 판이다. 그냥 내 아이가 좋아하는 '인형놀이' '술래잡기' '숨바꼭질' 삼위일체 놀이를 한바탕 같이 해주련다.

오늘도 퇴근하고 집안 문을 열고 들어가니 아이가 현관까지 신나게 뛰어나온다. 그리고 수줍게 내미는 종이 한 장.

"엄마 주려고 내가 그렸어."

낮에 아이를 맡아봐주시는 어머님이 옆에서 "몇 시간 전부터 너 준다고 손에 쥐고 있더라" 하신다.

이 종이가 나에겐 그 어떤 훈장보다 소중하다.

하루에 딱 한 권씩 꾸준히

아이가 혼자 앉지도 못할 때부터 무릎에 앉혀놓고 책을 읽어주었다. 태어난 직후 병원에 있었던 기간을 빼면 다섯 살이 된 지금까지 책을 읽어주지 않은 날은 아마 손가락에 꼽을 정도일 거다. 꾸준히 읽어줬기에 사실 기대감도 있었다. 적어도 다섯 살 정도가 되면 한글을 쉽게 뗄 줄 알았다. '독서영재 푸름이'처럼 책 읽기 접신에 들려서 몇 시간이고 게걸스럽게 책을 읽을 줄 알았다. 쏟아지는 잠이 야속한 마음에 두 팔 가득 미처 읽지 못한 책을 품고 스르륵 잠들 줄 알았다. '지랄발랄 하은맘'에 나오는 하은이처럼 누가 봐도 책 육아 잘했네 소리가 나올 정도로 키줄 줄 알았다.

그런데 이제야 알겠다. 내 아이는 그렇게 책에 푹 빠지는 스타일은 아니라는 걸. 그러니까 '책 육아'로 대박칠 아이는 아니라는 걸 말이다.

내 아이는 많은 책을 보지 않는다. 자기가 좋아하는 책 몇 권을 정말 너덜너덜해질 때까지 계속해서 본다. 이런 아이의 스타일을 빨리 알아챘더라면 지금처럼 전집을 장식용으로 쓰지는 않았을 것이다. 여러 질의 전집을 들였지만 그 중에서 아이가 뽑아오는 책은 항상 정해져 있다.

대신 항상 뽑아오는 그 책들은 아이 생활의 일부가 되었다. 몇 시간을 정신없이 책 읽기에 빠지는 모습은 한 번도 못 봤지만 매일 항상 몇 권의 책은 뽑아든다. 외출해서 돌아오면 외투도 벗지 않고 주저앉아 바닥에 널브러진 책을 펼쳐들고 보기 시작한다(거의 한 권으로 끝나지만). 한창 빠져 있는 옥토넛 구조놀이를 한다며 온 집안을 헤집고 다니다가도 갑자기 책 한 권에 시선을 뺏기고는 바닥에 철퍼덕 주저앉아 또 읽기 시작한다(이 역시 거의 한 권으로 끝나지만). 내가 책을 읽기 시작하면 저도 어느 사이에 책 한 권을 뽑아와 내 옆에 앉아 같이 읽기 시작한다. 놀다가 책보다가, 밥 먹다 책보다가 하는 식으로 책 읽기가 이미 자연스럽게 아이의 일상이 되었다.

가끔 딸아이와 비슷한 또래를 키우는 엄마들에게서 집에 책이 많으냐, 어떤 전집을 들이느냐고 질문을 받는다. 그때마다 나는 조금도 망설임 없이 전집보다는 단권책을 추천한다고 말한다. 사실 우리 집에는 대박친 전집이 없어서 추천하기가 어렵기도 하고 말이다. 하지만 단권책이라면 아이의 사랑을 잔뜩 받은 책들이 많이 있다.

아직 말도 못하던 까꿍이 시절의 아이가 너무나 좋아하던 〈띵동띵동, 누구세요〉 책은 한창 이가 나서 잇몸이 가려웠는지 물어뜯어 한

쪽 귀퉁이는 닳아 없어지고, 띵동 벨은 어찌나 눌러댔는지 소리가 거의 나지 않을 지경이 되었다. 워낙 좋아해서 병원에 입원했을 때도, 교회에 갈 때도, 잠깐 장보러 갈 때도 들고 다녔다.

〈사과가 쿵〉이라는 책은 또 얼마나 좋아했는지. "커~다란 커~다란 사과가 쿵!"이라고 살짝 목소리 톤을 키우고 오버를 하면서 읽어주면 까르르 웃어대던 아이의 모습이 떠오른다. 친구들끼리 사이좋게 사과를 다 나누어 먹고 처마 밑에서 다 같이 비를 피하는 장면은 또 얼마나 열심히 쳐다보았던지.

〈안아줘〉라는 책은 지금 봐도 참 마음이 따뜻해진다. 새끼 고릴라 보보가 엄마를 찾아다니던 중, 다른 동물들의 어미와 새끼들이 전부 다정하게 안고 있는 모습들을 보며 "안았네"라고 말한다. '안았네'라는 문장이 나올 때마다 나는 아이를 살짝 안아준다. 결국 엄마가 먼저 "보보야!"라고 외치며 새끼를 찾아내고, 엄마와 보보는 서로 따뜻하게 안아준다. 마지막 포옹 장면에선 아이가 내 목에 작은 손을 감아서 안아준다. 그렇게 아이는 엄마의 냄새를 맡으며 마음의 안정을 찾고, 나는 아이의 냄새를 맡으며 하루의 피로를 씻어낸다.

각 책마다 아이와 함께했던 추억이 서려 있다. 좋은 책이 따로 있는 것이 아니라 아이와 함께한 시간이 배어 좋은 책이 된 거라는 생각이 든다.

'책 육아' 신드롬은 현재도 진행형인 듯하다. 십 년도 더 전에 독서 영재 열풍이 불었던 것처럼, 책 육아가 유행하는 본질도 별반 다르지

일상이 독서다

않은 것 같다. 책으로 내 아이를 더 잘 키워보고 싶은 엄마들 마음 말이다. 어쩌면 엄마의 수고로 아이를 잘 키웠다고 자랑하고 싶은 마음이 있는 것이 아닌지. 돈 들여 사교육 받지 않아도 내 아이는 책으로 이렇게 잘 컸다고 자랑하고 싶은 심리가 아닌지 말이다. 하나는 사교육이고 하나는 책이라는 수단이 다를 뿐, 아이를 엄마의 의도대로 키우고 싶은 심산은 똑같지 않은가 말이다.

하지만 어떻게 책이 아이를 키우겠는가. 아이는 사람이 키운다. 엄마가 아이에게 제공해주는 '놀고 또 뛰어 놀고, 멍 때리는' 시간들로 아이는 커간다. 이제는 아이를 독서영재로 키우겠다는 욕심도 접었다. 아이가 책벌레로 자라는 것보다 책을 친구 삼아 자랐으면 좋겠다. 평생 든든한 벗처럼 말이다.

짐 트렐리즈의 〈하루 15분 책 읽어주기의 힘〉이라는 책을 보면 의미 있는 연구결과를 소개하고 있다. '어린이들의 일상 경험 속에 나타나는 의미 있는 차이점'이라는 연구에서 다섯 살배기 아이들을 관찰한 결과이다. 겨우 다섯 살인데도 아이들마다 발달 정도에 많은 차이가 보여 그 이유가 무엇일까 조사했다는 것이다.

연구진은 생활보호대상자층, 근로자층, 전문직층을 대표하는 42개 가정을 방문하여 아이가 7개월 때부터 가족들과 이루어진 대화를 녹취하고 행동을 기록했다고 한다. 매일 사용하는 단어 수를 4년 기준으로 계산해 보았더니 전문직 가정의 다섯 살배기 아이는 4,500만 단어, 근로자 가정의 아이는 2,600만 단어, 생활보호대상자 가정의 아이는 불과 1,300만 단어를 들은 것으로 나타났다.

세 가정의 아이는 같은 날 유치원에 입학할 것이다. 하지만 생활보호대상자 가정의 아이는 전문직 가정의 아이에 비해 3,200만 단어나 들어본 적이 없는 상태에서 입학하게 된다. 3,200만이라는 단어를 수치로 나타내면 교사가 1년 안에 따라잡게 해주기 위해 초당 10단어씩 900시간을 말해줘야 하는 비현실적인 양이라고 한다. 물론 단어 수의 차이가 부모가 아이를 사랑하는 정도와는 상관이 없다. 다만 아이가 태어난 순간부터 자연스럽게 듣고 사용하는 어휘 수가 가정마다 현저하게 다르고, 이 변화가 결국 아이의 발달 정도에 큰 영향을 미친다는 사실은 여러 생각이 들게 한다.

저자는 말한다. 아이가 자라면서 차이가 생기는 것은 장난감이 아니라 그들의 머릿속에 들어 있는 단어 때문이 아니겠냐고. 안아주는 일을 제외한다면 우리가 아이에게 가장 값싸게 줄 수 있는 가장 귀한 것은 단어라고 말이다. 학교에서 아이를 하루 종일 붙잡아두지 않는 한 모든 책임을 학교에만 돌리지 말자고 말이다. 우리 가정에서 아이에게 얼마만큼의 공을 들여 좋은 말을 들려주는데 힘쓰고 있는지 돌아볼 일이다.

실제로 어휘를 늘려주는 데는 책만한 것이 없다고 전문가들은 입을 모은다. 일상생활에서 사용하는 5천 단어의 기본 어휘 중 아이와 나누는 대화는 1천 단어 이내라고 한다. 특별한 상황에서 특별한 어휘로 설명하지 않는 이상 항상 쓰는 단어로만 대화를 하게 되는 것이

일상이 독서다

다. 책이라는 매개체를 통해 익숙하지 않은 어휘를 접해보지 않는 이상 어휘 수를 꾸준히 늘려가기는 쉽지 않다.

내 아이는 말이 많이 느린 편이었다. 말뿐만 아니라 큰 수술의 영향이었는지 신체 발달도 많이 느린 편이었다. 워낙 근력이 약하고 체력이 따라주지 않는 점은 갑자기 어찌할 방법이 없었다. 한 숟갈이라도 더 먹게 하고, 따뜻할 땐 밖에 나가서 놀게 해주는 방법밖에는 말이다. 기본적으로 아기는 신체 발달과 언어 발달이 같이 맞물려 진행된다고 한다. 신체 발달이 빠른 아이가 말도 빠른 편이다.

하지만 아이의 신체 발달은 서서히 기다려주는 수밖에 없었다. 그나마 내가 도울 수 있는 작은 방법은 아이에게 꾸준히 책을 읽어주는 것뿐이었다. 현관문 벨소리와 변기 물 내려가는 소리가 나는 사운드 북, 책을 펼치면 주인공이 입체적으로 튀어나오는 플랩 북, 귀여운 캐릭터가 그려진 캐릭터 북, 그리고 그림책의 고전이라고 불리는 많은 책들까지 열심히 골라와 아이를 무릎에 앉혀놓고 한 권씩 읽어줬다.

아웃풋이라고 하기도 뭣하지만 책에서 나왔던 그 문장을 아이가 적용해서 사용하는 모습을 자주 본다. 최근에 '바바파파'라는 캐릭터의 책을 사다줬는데, 화재가 난 현장에 바바파파가 있어서 건물에서 사람들을 대피시키는 장면이 있었다.

'다행히 바바파파가 그 자리에 있었습니다'라는 문장이 인상적이었는지 아이는 "다행히 내가 그 자리에 있었어. 내가 널 구해줄게"라며 토끼 인형을 구조하는 흉내를 낸다(요새 한창 옥토넛에 빠져 있어서 자신을 탐험대 대장이라고 부른다).

아이가 좀 더 자라면 같은 책을 읽고 그 책의 배경을 지도삼아 같이 여행을 다니고 싶다. 우리나라의 역사를 읽고 공부한 뒤 조상들의 지혜가 담긴 문화재를 보러 가는 것이다. 같이 유럽 여행도 가고 싶다. 우르르 몰려다니며 수박 겉핥기식으로 사진만 찍어오는 단체관광이 아니라 아이와 세계사를 공부하고 우리만의 여행 일정을 짜고 싶다. 아이가 태어난 즈음부터 매월 조금씩 넣고 있는 적금이 아이 입학 즈음엔 만기가 될 테니, 그 때 사용하자고 계획을 세워두었다. 아이와 여행을 다닐 생각에 벌써 가슴이 두근두근하다.

나는 아이의 기질과 성향을 공부하고 있는 중이다. 그리고 그 성향에 맞추어 더 잘 보살필 방법을 찾아가는 중이다. 내 아이에게는 꾸준히 그리고 조금씩 책에 노출을 시키는 것이 한꺼번에 많이 보여주는 것보다 효과적이라는 것을 알아가는 중이다. 아이가 한글을 떼고 혼자 책을 읽게 되어도 나는 아이를 무릎에 앉히고 계속 책을 읽어줄 것이다.

나태주 시인의 '풀꽃'이라는 시에서처럼, 내 아이도 그렇다. 알아 갈수록 이 아이가 더 잘 보인다.

"자세히 보아야 예쁘다. 오래 보아야 사랑스럽다. 너도 그렇다."

○
공부 좀 못하면 어때

몇 년 전, 고등학교 3학년 아들이 자신의 엄마를 흉기로 찔러 살해한 사건으로 전국이 떠들썩했었다. 범인인 A군은 초등학교 때 토익 점수가 900점을 넘기도 했고, 중학교 때는 전국 석차가 4,000~5,000등에 들 정도로 성적이 우수했다고 한다. 하지만 A군의 엄마가 평소 "서울대 법대에 가라. 너 잘되라고 하는 소리다" "전국 1등을 해야 한다"고 강요하는 소리에 스트레스를 받아왔다. 엄마는 성적이 떨어지면 저녁식사를 주지 않거나 야구방망이 등으로 체벌을 하기도 했다. 살해되기 전날도 10시간 동안 A군에게 엎드려 뻗쳐를 시키고 잠을 못 자게 하면서 야구방망이로 폭행을 가했다고 한다.

낮잠을 자던 엄마를 살해하려던 A. 엄마는 "너 이러면 제대로 못 살아"라고 울부짖었지만, A는 "엄마는 내일이면 나를 죽일 거야"라면서 결국 엄마를 살해했다. A군이 말한 내일이란 '학부모 방문의 날'

로, 전국 석차를 4,000등에서 62등으로 고쳐놓은 것을 엄마에게 들키는 날이라는 의미였다. 대체 성적이 뭐길래 아이가 엄마를 죽이는 사태까지 일어난 걸까.

이 뉴스를 접하고 안타까운 마음을 넘어 가슴이 콱 막히는 것 같았다. 한편으론 어처구니없다는 생각이 들기도 했다. 로스쿨이 설치된 대학에는 법대를 둘 수 없도록 하는 조치에 따라 2018년 졸업식을 끝으로 서울대, 고려대, 연세대 등의 법대는 폐과될 예정이라고 한다. A군의 엄마에게 묻고 싶다. 시대의 흐름도 읽지 못하면서 왜 그렇게 서울대 법대에 보내고 싶었냐고. 엄마의 시신과 한 집에서 무려 8개월이나 같이 보낸 괴물 아들을 만들고 싶었느냐고. A군은 실리콘본드로 문틈을 막아 시신이 부패한 냄새가 새나오지 않게 하고, 그 와중에 친구들을 집으로 불러 같이 음식을 먹기도 했다. 아직 성숙하지 못한 19세 사춘기 소년은 엄마를 죽인 죄책감과 엄마의 부재로 느끼는 자유라는 극단적 감정을 오갔을 것이다. 대체 공부가 뭐길래, 성적이 뭐길래.

한편, 대한민국 최고의 영재학교로 불리는 카이스트에서 몇 년간 수명의 학생들이 자살했는데, 2011년 1월부터 4개월간 연달아 학부생 4명이 자살하는 사건을 두고 '카이스트 사태'로 불리기도 했다. 한때 카이스트에는 학점에 따라 등록금을 차등 부과하는 징벌적 등록금제도가 있어 이로 인한 학생들의 스트레스가 컸다고 한다. 고등학교 때까지 천재 소리를 들었던 우수한 학생들이 2.0 미만의 학점을 받아 줄지에 750만원의 등록금 폭탄을 맞는다고 생각해보자. 아침 9시부터 오후 4까지 빡빡하게 학교 수업을 듣고, 오후에는 보충 공부를 하는 일정 속에서 학비를 벌기 위해 아르바이트를 하는 것도 현실적으로 무리일 것이다. 나의 낮은 학점 때문에 부모님의 허리가 휜다고 생각하면 얼마나 죄송스럽고 민망할 것인가.

성인이 되기 전에 기본소양이 되는 공부들이 필요하기에 학교라는 단체생활을 통해 초등학교 6년, 중학교 3년, 고등학교 3년의 교육을 받는다. 이 과정을 통해 사회생활을 미리 경험하고, 기본교양이 되는 공부를 한다. 하지만 학교생활의 모든 것을 성적으로만 평가한다면 그건 문제다. 숫자로 표현된다는 건 필연적으로 누군가는 위에, 누군가는 아래에 위치하고 있다는 의미다. 아래쪽에 위치한 학생은 패배자로 분류가 된다. 모든 학생이 공부를 잘할 수는 없다. 모든 학생이 연구원이 되거나 사무직이 되는 직업을 가질 수도 없다. 각자의 적성에 맞는 곳을 잘 찾아내줘 성인이 되었을 때 적재적소에 배치될 수 있도록 학교가 도와야 한다. 고등학교 졸업생의 80% 이상이 대학에 진학하는 것이 과연 정상인 것일까. 고등학교의 연장선이 된 대학에서도 오로지 취업을 위해 공부하고, 그들 가운데 극히 일부만 대기업에 입사하는 깔때기 구조의 경쟁구도를 모든 아이가 다 겪을 필요는 없다.

이미 학부모가 된 지인들의 이야기를 들어보면 시대가 변해도 변하지 않는 유일한 곳이 바로 학교라고 한다. 가끔 학교 선생님이 내

주는 숙제들의 내용을 들어보면 정말 구태의연하기 짝이 없다. 문자 그대로 '교과서에 실릴 법한' 내용의 숙제들을 내주는 것이다. 때로는 엄마가 아이 숙제를 하느라 밤을 새기도 하고, 미술 과목은 과외선생님과 합작으로 숙제를 완성하기도 한다는 이야기를 들으면 쓴 웃음이 나온다. 우리가 사는 이 시대는 100km/h의 속도로 달리는데, 교육 분야는 10km/h로 브레이크를 밟고 가는 느낌이다.

공부가 적성에 잘 맞는 아이들이 있다. 한 곳에 오래 머물러도 집중해서 읽기를 잘하는 아이들이 있다. 시험을 잘 보는 요령을 아는 아이들이 있다. 그 아이들은 투입시간 대비 효과적으로 답안을 내는 방법을 잘 안다. 어떤 아이들은 가만히 앉아서 공부하는 것보다 몸으로 움직이는 것이 적성에 맞는다. 그 아이들은 기본적으로 뛰고 몸으로 부딪혀야 사는 것 같다고 느끼는 아이들이다.

당연히 모든 아이들이 같은 적성일 수 없다. 어떤 아이는 공부 적성을 더 키워줘 학자나 연구원으로, 또 어떤 아이는 몸으로 뛰는 적성을 잘 살려줘 그 분야의 전문가로 키워야 한다. 딱히 공부 적성도, 운동 적성도, 그렇다고 미술이나 음악 적성도 아닌 아이들도 있다.

나는 내가 어떤 사람인지 서른 살이 넘어서야 진지하게 생각하기 시작했다. 지금이라도 공부하는 재미를 알아서 참 행복하다. 관심 있는 분야의 책을 찾아 조금씩 읽고, 생각하고, 느낌을 적어보는 나만의 시간이 정말 좋다. 그 시간이 행복하니까 누가 시키지 않아도 저절로 하게 된다. 나는 전형적인 태음인이라 '아침형 인간'은 절대로 될 수 없다고 믿으며 살아왔다. 하지만 나만의 시간이 아침밖에 없다는 현실은 저절로 나를 아침형 인간으로 변화시켰다. 주말에도 늦잠을 자고 싶지 않아 아침 일찍 스타벅스로 가서 느긋하게 읽고 쓰는 시간을 갖는다. 하지만 아이와 놀아줄 시간을 고려하면 겨우 두 시간 반 정도가 나만의 시간이다. 짧지만 압축된 고밀도의 시간은 그만큼 짜릿하다.

나처럼 늦된 어른도 있다. 그러니 아직 어린 학생들에게 공부를 잘하네 못 하네 볶아댈 것이 아니다. 정말로 필요하고, 또 자신이 하고 싶은 공부라면 늦게라도 저절로 하게 될 테니 말이다. 주변을 둘러보면 '빈 둥지 증후군'을 앓는 엄마들이 생각보다 많다. 아이를 통해 자신의 존재를 확인하는 엄마들은 아이의 성적이 엄마 자신의 점수라고 생각한다. 아이가 공부를 잘해 칭찬을 받으면 엄마의 자존감은 높아지고 당당해진다. 다행히 아이가 잘 따라줘 일류 대학에 들어갔다고 해도 그 이후 엄마의 존재 가치는 무엇으로 평가를 받을까. 엄마도 빈 둥지를 끌어안고 공허함을 느끼지 않도록 자신의 성장에 관심을 가지고 공부해야 한다. 엄마가 미리 짜둔 탄탄대로로 아이가 걷지 않는다면? 엄마는 자신의 모든 것을 포기해서 아이를 키우는데 '올인' 했는데 이렇게 비켜나가면 대안이 없다.

하지만 아이의 성공은 엄마의 성공이 아니다. 아이는 아이의 삶을, 엄마는 엄마의 삶을 살아야 한다. 자식을 통해 무언가를 대신 이루게 하려는 그 욕망을 아이는 어떻게 느낄까? 부모가 제공해준 많은 기회들에 정말 감사하며 살까? 아닐 것이다. 부모가 느끼는 결핍을 아이도 똑같이 느끼고 있을 것이다. 마음의 가난이라는 부모의 유산을 아이가 그대로 대물림 받는다.

'대한민국에서 가장 아픈 사람들의 이야기'라는 부제가 붙은 〈대한민국 부모〉라는 책에서 읽고 느낀 바가 많았던 '인간다운 삶이 가능한 방법'을 소개한다. 어쩌면 부모인 우리 모두가 안고 가야 할 숙제와도 같다고 생각한다.

1. 먼저 자기만의 삶의 기준을 갖자. 그것이 삶의 감각을 회복하는 첫걸음이다.
2. 좀 깐깐하게 살자. 삶의 품위를 지키자. 돈벌이만을 위해 굴욕과 모욕을 참지 말자.
3. 생각을 하고 살자. 공부다운 공부를 하자.
4. 혼자만 살아남으려 발버둥 치다 외롭게 무너지지 말고 함께 살길을 찾자.
5. 제도와 시스템이 인간의 삶을 위해 기능하게 하자.
6. 정치가 우리의 삶이 되게 하자.
7. 더 많은 세금을 내자. 부자들은 더 더 더 많이 내라.
8. 국민의 건강과 교육, 양육은 국가가 책임져야 한다.
9. 아이들의 '살아있음'을 인정하자.
10. 교육 본래의 의미를 복원하자.

11. 공교육을 포기한 학교에 문제를 제기하고 항의하자.

12. 작은 학교를 더 많이 만들고, 교사 수를 대폭 늘리자.

13. 누구나 '본부장님'이 될 수 없다. 아이들은 노동의 가치를 배워야
    한다.

14. 대학을 국립화하고, 스무 개만 놓아두고 다 없애자.

15. 학생의 학력 평가 방법을 개혁하자. 내신제도를 폐지하자.

16. 부모 자신이 먼저 독립하자.

17. 엄마는 자식과 남편에게 자신의 욕망을 투사하지 말자.

18. 아내는 남편의 건강한 남성성이 발현될 수 있도록 지지하자.

19. 아버지는 아내에게, 아이들에게 좀 더 당당해지자.

20. 아버지가 어른이 되어야 한다.

21. 아이들이 문제가 아니다. 부모가 문제가 아니다. 부부가 문제다.

22. 가족이 함께 책임을 나누고 일하는 시간을 갖자.

– 이승욱 외 《대한민국 부모》

모든 내용이 전적으로 옳다는 것은 아니다. 하지만 아이에게 '공부하라'고 소리 지르기 전에 먼저 '내 공부'를 챙기는 것, 내 삶의 가치관을 유산으로 남겨주는 것, 아이에게서 부모가 먼저 독립해야 한다는 점은 공감하고 싶다.

3년 후면 나도 학부모가 된다. 사교육으로 점철된 교육만능주의 현실에서 나는 어떻게 대처해갈 수 있을까. 미리미리 고민하고 생각

하지 않으면 나도 이 광풍에 어쩔 수 없이 휩쓸려가는 한 명이 되고 말 것이다. 미친 광풍 속에서 날아가지 않도록 아이와 손잡고 버텨야 할지, 필요에 따라 적당히 순응하며 살아야 할지 아이의 눈을 보며 오늘도 고민한다.

제5장

소설에서 삶을 배운다

○
착각은 자유

대학생 때, 일본에서 열 달 정도 어학연수를 한 적이 있었다. 워낙 엔화도 비쌌던지라 생활비를 줄이고 교회봉사도 할 요량으로 교회의 별채 같은 곳에서 친구들과 같이 지냈다. 하루하루 적응하느라 바쁘고 고단하면서도 이제 막 스무 살을 넘긴 꽃 같은 청춘이었기에 이성에도 관심이 많았다.

교회의 남자 성도 중에 '무가 상'이라고 눈에 띄는 사람이 있었다. 외모도 목소리도 참 멋진 사람이라 평소에도 은근한 관심을 두고 자주 눈으로 훔쳐봤다. 그런데 한 번은 그가 나를 은밀히 부르는 것이 아닌가. 잠깐 시간이 있느냐면서. 혹시 데이트 신청인가? 나는 놀란 마음을 진정시키며 최대한 조신한 얼굴로 그에게 다가갔다.

"혜진 상, 별채에 사시는 분들, 화장실 좀 깨끗하게 쓰면 좋겠어요."

아, 쥐구멍이 손톱만큼이라도 있었더라면 어떻게든 숨고 싶었을 정도로 창피했다.

일상이 독서다

생각해보면 혼자만의 착각과 오해에 빠져 있던 일이 얼마나 많았던가. 아무리 착각은 자유라지만 말이다. 정작 당사자는 아무런 감정이 없는데, 나 혼자 오해해서 북 치고 장구 치고 한 적도 있다. '어? 왜 인사도 안 받지? 나한테 화났나? 가만 생각해보니 나한테 요즘 계속 쌀쌀맞던데, 삐진 거 있나? 정말 속이 좁네. 역시 저 사람은 진짜 별로야.' 혼자 온갖 상상의 나래를 펼쳤는데, 알고 보니 상대방은 내가 인사한 소리조차도 못 들었다고 한다.

영어권 최고의 문학상으로 꼽히는 부커상을 수상한 줄리언 반스의 〈예감은 틀리지 않는다〉라는 책을 읽으며 영화 〈올드보이〉의 장면들이 떠올랐다. 영화 속 오대수(최민식)는 이유도 모르고 15년간 '묻지마 감금'을 당한다. 겨우 탈출하여 자신을 가둔 사람을 찾아나서는 대수. 단서는 '군만두'다. 15년간 매일같이 먹었던 그 군만두의 맛을 기억하여 결국 자신을 가두었던 우진(유지태)을 찾아낸다. 우진이 대수를 감금했던 이유는 대수가 별 생각 없이 퍼트린 한마디 때문이다. 그 한마디가 '임신했다'는 헛소문이 되어 우진의 누나가 비관하여 자살을 하고, 부검 결과 상상 임신임이 밝혀진다. 자신이 내뱉은 말 한마디가 상대방에게는 얼마나 큰 파괴력을 발휘하는지 여실히 느껴지는 장면이었다.

대여섯 살 무렵에, 숫기도 없고 소심했던 나를 보고 고모부는 찍소리도 못한다고 "찍소"라고 불렀다. 어린 시절에 불린 별명은 그 외에도 많이 있지만 유독 찍소는 잊히지가 않는다. 어린 마음에도 얼마나 상처가 되었는지 모른다.

유난히 입이 까다롭고 가리는 음식이 많았던 나. 코로 '킁킁' 냄새를 맡으며 음식을 한 입씩 재어가며 먹던 내 모습을 못마땅하게 쳐다보시며 '쟤는 먹는 것도 찍소 같다'고 핀잔을 들었다. 불리고 싶지 않았던 찍소라는 별명을 생각하면 나도 내 아이를 조심해서 불러야겠다는 생각을 한다.

〈예감은 틀리지 않는다〉에 나오는 토니 웹스터는 어디에나 있을 법한 캐릭터다. 그는 자신감 없고 주도성도 없어 누군가 이끌어주기를 기다리는 나약한 남자다. 여자 친구인 베로니카가 자신보다 집안 배경이 좋다는 것에 주눅이 들어 자신 있게 관계를 리드하지 못하고, 전학 온 에이드리언이라는 친구가 지적으로 우위라는 이유로 그의 환심을 사기 바쁘다. 사건의 발단은 전 여자 친구였던 베로니카가 에이드리언과 교제하게 되었다는 편지를 받고 나서 시작된다.

토니 자신은 그 편지에 '쿨'한 답장을 보냈다고 기억하고 있었다. 그러나 에이드리언이 자살했다는 소식을 들은 지 한참 후 아무 기별도 없던 베로니카의 어머니가 토니에게 유산을 남겼다는 연락을 받는다. 그 유산 중 일부가 에이드리언이 남긴 노트라는 사실을 알고, 노트를 찾기 위해 토니는 베로니카의 행적을 수소문한다. 그 과정에서 자신이 보냈던 편지를 보고 그는 그만 할 말을 잃는다. 그 편지는 의도적인 악의와 험담이 가득했다. 토니가 저주했던 대로 에이드리언은 베로니카의 어머니와 사랑에 빠진다. 그 결과 노산의 위험을 겪어 아픈 아이가 태어났고, 베로니카는 평생 아픈 동생을 돌봐야 하는 얄궂은 운명에 빠진다. 토니가 젊은 치기에 분개하며 보냈던 편지 한 장이 몇 사람의 인생에 돌이킬 수 없는 풍파를 일으켰다.

토니의 편지가 불러일으킨 나비효과 같은 비극을 보면서 잠깐 생각에 빠진다. 나의 말 한마디로 누군가의 가슴에 비수를 꽂지는 않았는지, 아무 생각 없이 내뱉은 한마디가 누군가에게는 쓰나미가 되어 그 사람을 완전히 함몰시키지는 않았는지 말이다. 문득 얼마 전에 읽었던 개그우먼 정선희의 인터뷰 글이 떠올랐다. 그녀는 친한 친구였던 최진실이 자살하고, 남편인 안재환까지 사망한 상황에서 본인 또한 자살 충동을 느낄 정도로 힘든 시간을 보냈다고 한다. 그 때 얼굴도 모르는 누군가가 써준 댓글이 큰 힘이 되었다는 것이다.

'저는 교회에 다니지 않지만 정선희 씨 팬이라 당신을 위해 기도했습니다.'

나의 한마디가 누군가를 살리기도, 죽이기도 할 수 있다는 생각에 앞으로는 언행에 더 신중해야겠다는 생각을 해본다. 사람의 기억이란 참 우습다. 항상 자기에게 유리한 쪽으로 해석해서 기억한다. 소설 속의 에이드리언이 '역사는 부정확한 기억이 불충분한 문서와 만나는 지점에서 빚어지는 확신'이라고 했던 것처럼 말이다. 결국은 끝까지 살아남은 자가 자신의 기억에 남아 있는 파편으로 역사를 만들어가는 건지도 모르겠다.

남편은 가끔 나보고 집에서 '갑질' 한다고 한다. 진정한 '갑甲'의 위치를 누리기나 했으면 억울하지나 않겠다. 나는 회사에서도 '을乙'이고, 집에서도 을인 모태 을이다. 아이를 봐주고 계신 어머님께도 당연히 을이다.

그런데 가만히 남편의 이야기를 들어보니 수긍이 되지 않는 것도 아니다. 남편은 나보다 늦게 회사에서 돌아온다. 일의 강도도 더 세다. 파김치가 되어 집으로 돌아와도 '역시 일하고 돌아오신 마눌님'이 계셔서 편하게 부탁을 못한단다. 남편은 내가 먹느라 차려 놓은 반찬이 있으면 간단히 먹거나, 그것조차도 없으면 본인이 알아서 차려 먹는다. 그리고 '마눌님도 같이 버시므로' 사고 싶은 물건이 있어도 함부로 돈을 못 쓰겠다고 한다. 서로 필요한 물건은 합의를 보고 구입하는 편인데 남편한테는 이 부분도 살짝 부당하다고 느꼈던 모양이다.

그런데 나의 경우는 남편이 갑의 위치라고 생각했다. 어쨌든 남편은 이 집의 가장이다. 내가 피곤한 건 참을 수 있어도 남편의 피로는 최대한 풀어줘야 한다고 생각한다. 그래서 너무 피곤해 하면 혼자 쉴 수 있는 시간을 따로 준다. 최대한 바가지도 긁지 않는다. 육아나 살림을 나눠서 한다고 해도, 어쩔 수 없이 엄마이고 여자인 내가 더 많이 한다. 아이도 아빠보다는 엄마의 손길을 더 기다린다. 육아와 살림은 분담이란 말이 무색하게 거의 나의 전담이다. 내심 나는 내조도 잘하고, 배려도 잘하는 희생 역의 아내 을이라고 생각했다. 서로가 자신의 입장에서 '갑질' 한다고만 생각했으니 비극이다.

갑자기 다른 사람 입장이 되어 타인의 시선으로 살기란 쉽지 않다. 하지만 타인을 향한 작은 배려 정도는 하자고 생각한다. 악의적인 말을 퍼붓기 전에 '토니의 편지 한 장이 불러일으킨 나비효과'를 잠깐 상상이라도 해본다면 상대방에게 험악한 말을 함부로 쏟아내지 못할 것이다. 타인의 입장을 제대로 파악해보지도 못한 상태에서 내뱉는 어설픈 충고는 때로 영원히 뽑히지 않는 결정적인 화살이 될 수도 있다는 걸 잊지 말아야 한다.

열정페이? 너나 하세요

나는 2003년 2월에 대학을 졸업했다. 졸업을 하면 응당 유수의 기업에서 입사 러브콜을 받을 줄 알았다. 대기업에 들어갈 스펙까지는 아니어도 탄탄한 매출 규모와 어느 정도의 복지를 갖춘 중견기업 정도는 쉽게 들어갈 줄 알았다. 하지만 현실은 녹록지 않았다. 게다가 1998년에 터진 IMF 사태의 영향으로 몇 년간 고용시장이 얼어붙은 상황이었다.

처음으로 내게 '오라'고 해준 곳은 직원 10명 남짓의 작은 오퍼상이었다. 그 회사는 일본에서 플라스틱 바구니나 비눗갑 같은 잡화들을 수입해서 판매하는 일을 했다. 주로 백화점이나 대형 마트 구석의 매대 하나를 빌려서 물건을 팔았다. 그 땐 다이소 같은 생활잡화점이 지금처럼 흔하지 않았다. 누가 저런 걸 백화점까지 와서 사나 싶은데 신기하게도 강남 아줌마들이 열심히들 쟁여서 사갔다. 나름의 사회 경험이라 여기고 판매고에 열을 올렸는데 '대학까지 졸업해서 백화

점에서 잡화나 팔고 있다'고 엄마한테 혼이 났다. 그러려고 너 공부
시켰냐고.

게다가 사장은 한마디로 '사이코'였다. 툭하면 재떨이가 날아왔다.
자기 말에 토 단다고, 자기 말에 빨리 대답 안 한다고. 한 번은 대학
을 갓 졸업한 신입(이라 해봤자 나와 어떤 남자 사원이랑 달랑 두 명이었지만)
들을 불러놓고 '세금계산서'가 무엇인지 논해 보라고 했다. 난 그 때
세금계산서라는 말도 처음 들었다. 모르겠다고 했다가 정말 재떨이
가 날아올 뻔 했다. '세금계산서도 모르는 무지렁이'가 된 이후 두 달
여 만에 회사를 그만뒀다.

그 후에 또 비슷한 규모의 오퍼상에서 약 3년간 일했다. 사장님도
좋으신 분이셨고, 회사 생활에 딱히 불만이 있지는 않았지만 항상 부
족한 느낌이 들었다. 작은 회사다 보니 업무를 경험할 수 있는 폭도
좁았고, 매일같이 몇 되지 않는 사람들과 복닥복닥하는 일상에서 벗
어나고 싶었다.

막연하게 외국계 회사에 입사해보려고 문을 두드렸지만 고용 형
태의 대부분이 계약직이었다. 이미 일본계 기업은 십여 년 전부터 아
웃소싱 회사를 끼고 계약직으로 고용하는 형태가 아주 흔했다. 계약
직이라는 말에 잠깐 고민했지만 해보기로 했다. '성실하게 일하면 정
규직으로 전환되지 않을 이유가 무엇인가' 싶은 마음으로. 이후 '2년
후'만 꿈꾸며 살았다. '조금만 참자. 2년 후엔 나도 정규직이야.' 몸과
마음이 고단했지만 '2년 후'를 생각하며 참을 만했다. 그 땐 정말 '2년

후 정규직 전환'이 인생의 전부라고 생각했다.

김애란의 소설집 〈비행운〉에 있는 〈서른〉의 주인공 '수인'은 재수 생활을 하기 위해 시골에서 상경한다. 대학시절 아르바이트를 하며 생활비를 충당했고, 생리 결석 사유서까지 내가며 성적 장학금을 받아 오롯이 '꿈'을 위해 달린다. 쉽지 않은 '이 모든 경험이 지혜로 남아' 나를 성장시킬 것이라 믿으며 말이다. 하지만 사회 초년생이 되어서도 여전히 갚지 못한 1천만원 남짓의 학자금 대출이 남아 있고, 취업은 쉽지 않다. 설상가상으로 아버지의 교통사고로 인한 경제적 부담까지 겹치며 극한의 상황을 맞는다. 그 때 예전 남자친구에게서 연락이 온다. 그는 '꿈'에 대해 이야기한다. 그 꿈이라는 말을 붙잡고 결국 수인은 다단계 판매회사의 합숙소에 들어가게 된다.

2011년 '거마 대학생'이라는 단어가 세간에 알려지면서 큰 파장을 일으켰다. 거마 대학생이란 서울의 거여동과 마천동에서 대규모로 집단생활을 하면서 불법 다단계를 하는 대학생들을 일컫던 말이다. 심각한 취업난에 시달리던 대학생들에게 고소득 고수익이라는 미끼는 떨치기 힘든 유혹이었다. 돈은 절실하게 필요한데, 당장 나를 써줄 곳이 없으니 막다른 길에 몰린 '최후의 선택'이었다.

요즘 젊은이들을 연애, 결혼, 출산을 포기했다고 하여 '3포 세대'라 부른다더니, 이후엔 취업, 주택을 추가하여 '5포 세대'라 부른다. 거기에 한 술 더 떠 인간관계, 희망까지 넣어 '7포 세대'란다. 건강, 학업을 넣으면 '9포 세대'가 된다는 우스갯소리까지 한다.

이미 사회에서 자리를 잡고 중산층으로 불리고 있는 세대들은 이런 소리를 한다.

"요즘 애들은 근성이 없어. 누구는 뭐 먹고 살기 쉬웠나?"

고속성장시대의 산업 역군이라 불리며 대학을 졸업하는 족족 대기업으로 불려가던 분들은 우리 세대의 취업의 어려움을 솔직히 이해하기 어렵다. '88만원 세대'라는 말은 이미 고전이 되었고, 이제는 '열정페이', '만년 인턴'이라는 신조어도 심심찮게 들린다. '일 하게 해줬으니 적게 받아도 참아' '젊을 때 고생은 사서도 한다잖아'라며 젊은이들의 노동력을 착취하는 기업들. 열정페이는 개나 줘버렸으면 좋겠다.

차라리 다 같이 없던 시절, 한 푼 두 푼 아껴가며 저축하던 부모님들 시절이 우리는 부럽다. 원래 세상은 불공평한 곳이라지만 도전해 볼 '기회만큼은' 평등했던 그 시절이 우리는 부럽다. 결혼 전에 알아서 '109m^2(33평) 아파트'를 사주시는 재력가 부모님을 둔 친구들을 보고 우리는 '금수저'라고 부른다. 30년을 빠듯하게 저축해도 집 한 채 사기도 어려운 현실 속에서 이미 출발점이 다른 이들을 보면 힘이 빠진다. '은수저'는커녕 자신의 학비부터 모든 생활비를 아르바이트로 번 돈으로 충당하고, 부모님의 뒷바라지까지 하는 '흙수저'도 우리 주변에 적지 않은데 말이다.

계약직을 전전하던 나는 결국 지금의 직장에서 정규직으로 전환되었다. 2년 계약이 거의 만료되어 가는 시점인데도 회사에서 말이 없어 얼마나 살 떨렸는지 모른다. 그저 하루하루 '2년 후'를 바라보며 마음과 감정이 상하는 것도 꾹꾹 참으며 살았다. '그건 아닌데'라는 생각이 들더라도 눈을 내리깔고 "예, 알겠습니다" 하는 태도가 자연스럽게 몸에 배어 버렸다.

그나마 나의 경우는 정규직으로 전환되어 행운이라고 해야 할까. 이미 비정규직 문제는 일상적인 이슈가 되어버렸고, 수많은 비정규직 고용자들은 '정규직'을 삶의 목표로 열심히 고용주에게 쓰임 당하고 있다.

지금 우리 회사에도 몇몇 직원이 계약직으로 있다. 그들이 스펙 면이나 업무 능력이 부족한가 하면 오히려 외국어며 실무 능력이 정규직보다 나은 경우도 있다. 그럼에도 계약직이라는 이유로 연봉이 형편없이 낮다. 무엇보다 가슴을 무겁게 누르는 건 주홍글씨처럼 박힌 '계약직'이라는 호칭이다. 나 또한 사내교육을 받았다는 표시로 자신의 이름 옆에 서명을 하는 종이에 '이혜진-계약직'이라고 박혀 있는 글자를 보며 가슴이 참 아렸었다.

7포 세대에게 '꿈'이란 과연 무엇일까. 취업, 경제난이라는 현실의 무게에 버둥대는 동안 꿈이란 걸 꿀 수나 있을까. 그들의 꿈은 그저 '보통의 기준에만 닿으면 좋겠다'는 거다. 보통사람들처럼 일하고 결혼하고 아기도 낳는, 보통사람들이 누리는 보통의 삶. 이젠 '보통의 삶'이 젊은이들의 삶의 목표가 되어 버렸다.

소설 〈서른〉의 주인공 수인이 학원 강사를 하며 새벽까지 하얗게

질린 얼굴로 공부하는 아이들을 보면서 이렇게 읊조린다.

"너는 자라 내가 되겠지…. 겨우 내가 되겠지…."

내 딸이 자라서 대학생이 되고, 사회인이 되고자 취업 준비를 할 때 나는 엄마로서 무슨 말을 해줄 수 있을까. 내 딸을 바라보며 "겨우 내가 되겠지…."라고밖에 읊조릴 수밖에 없다면 가슴이 무너질 것 같다. 내 딸은 공부를 잘 해서 취업 고민도 없이 대단한 곳에서 러브콜을 받았으면 좋겠다. 계약직 따위로 마음 졸이는 일 없이 '꽃길'만 걸었으면 좋겠다. 솔직한 부모 마음으로 말이다.

공자는 서른을 두고 이립而立, 자기 인생의 뜻을 확고히 세우는 나이라고 했다는데, 나의 서른은 참 불안하고 서툴렀다. 서른 살엔 멋진 커리어 우먼이 되어 있을 줄 알았는데 현실은 2년짜리 계약직이었다. 소설을 읽는 내내 많이 흔들렸던 나의 서른이 떠올라 주인공 수인을 안아주고 싶었다.

사회구조적인 문제에 대해 간단히 해결책을 제시하기는 어렵다. 하지만 어른들이여, 제발 아무렇지도 않게 '근성 없는 젊은이' '젊어 고생은 사서도 한다'고 함부로 말하지 말자. 우리는 그대들을 '꼰대'라고 불러줄 테다.

뿌리 깊은 편견에 대하여

우리 아이는 왼손잡이다. 왼손잡이도 유전의 영향이 있는지, 사실 나도 어렸을 때 왼손잡이였다. 그랬던 걸 엄마가 부단히 오른손잡이로 교정해주려고 애썼다고 한다. 왼손으로 수저를 들 때마다 오른손으로 바꿔주고, 왼손으로 크레파스를 잡을 때마다 오른손으로 옮겨줬다고. 오른손에 힘이 부족한가 싶어서 자주 주물러줬다고도 한다.

그 결과 나는 어설픈 양손잡이가 되었다. 밥 먹고 글씨 쓰는 손은 오른손이지만, 짐을 들거나 설거지를 할 때는 왼손을 사용한다. 엄마는 '학교도 가야 하는데 당연히 오른손잡이로 키워야 한다'고 생각했고, 하루 종일 내 손을 보살펴준 덕에 결국 교정해주는데 성공했다.

직장을 다니느라 몇 시간 아이를 보지 못하는 나는 고민 중이다. 내가 온전히 봐줄 수 없기에 교정을 할 생각이면 아이를 맡아봐주시는 어머님께 충분히 부탁을 드려야 한다. 강미희의 〈왼손잡이 고쳐야 하나? 절대 NO〉라는 다소 강경한 제목의 책을 읽으면서도 고민만 깊어진다.

'오른손잡이로 교정을 해주어야 하나. 그냥 본인의 특성인데 왼손잡이로 살아도 괜찮지 않을까. 학교에 가면 다들 오른손으로 글씨를 쓸 텐데. 나이 지긋하고 편견이 심한 담임선생님을 만나서 괜히 트집 잡히면 어떻게 하나. 게다가 왼손잡이들은 악필로 유명한데. 기왕이면 글씨도 예쁘게 쓰면 좋을 텐데. 하다못해 지하철 개찰구까지 왼손잡이가 쓰려면 불편한데. '오른손잡이'의 세계인 곳에서 왼손잡이로 살기가 괜찮을까?'

사람들이 '정상' 혹은 '보통'이라 부르는 범주가 있다. 오른손잡이일 것. 장애가 없는 보통의 몸을 가질 것. 직장에 다닐 것. 적정 나이가 되면 결혼을 하고 집을 장만하고 아이를 낳을 것 등등.

나는 결혼하고 아이가 오랫동안 생기지 않아 마음고생을 했다. 결혼하고 1년 이내에 아이를 갖는 것이 '정상'이라는 편견 때문이다. 아이를 만나고 싶은데 만나지 못하는 것보다 더 큰 스트레스는 주변 사람들의 반응이었다. 원체 건강 체질이라 사실 이런 걸로 고민할 거란 생각도 못했다.

"결혼한 지 몇 년 됐지? 왜 아이 안 가져?"

"아이가 안 생겨? 병원 가봤어?"

아무렇지도 않게 어찌나 오지랖들을 발휘하시는지…. 일일이 "안 갔는 거 아니고 노력 중이다. 올해까지 안 생기면 병원 가보는 것도 고려하고 있다"고 대답을 하다가 어느 순간부터 입을 닫았다. 낳고 길러주실 거 아니라면 '말로만' 관심은 좀 꺼줬으면 좋겠다.

이전 또는 신설 이슈가 나올 때마다 매번 갈등이 부각되는 문제들이 있다. 바로 지역 내의 보호관찰소, 임대 아파트, 장애인 시설, 화장터 등이다.

한 지역구의 중학교에서 학교 내에 '발달장애학생 직업훈련센터'를 설립하는 문제로 백여 명의 부모들이 공사를 막고 무릎까지 꿇으며 간청하는 모습이 보도되었다.

'장애우는 혐오하지 않지만 학교 내 건립은 반대한다!'

'내가 가난한 부모라서 가난한 동네에 사는 이유로 내 아이가 장애인을 만나야 하는 무서움을 겪으면 당신은 어떻게 할 것이냐?'

이 지역구만의 이야기는 아니다. 많은 지역에서 장애인 관련시설을 '혐오시설'이라 부르며 설치하는데 반대하고 있다.

우리 마음대로 장애인을 '비정상' 범주에 넣어놓고 같이 어울리는 것조차도 하지 않으려고 한다. 청소년 범죄자 보호관리소와 장애인 복지관을 혐오시설로 치부하며 반대하는 사람들을 보며 나는 캐스린 스토킷의 소설 〈헬프〉의 뿌리 깊은 인종편견과 다를 바가 무엇인가 하는 생각이 들었다.

1960년대의 미국만 하더라도 KKK단이 버젓이 활동하며 대놓고 인종차별을 했었다. 흑인과 백인의 경계는 너무도 명백하여 감히 넘어갈 수 없는 선이었다. 소설에서는 백인인 주인 여자들이 흑인 가정부와 같은 화장실을 쓰는 것이 불결하다는 이유로 별도로 화장실을 만들자고 주장한다.

그 와중에도 흑인 가정부들의 친구가 되어주는 백인 여성들이 있었다. 주인공인 백인 여성 스키터는 흑인 가정부들이 겪은 부조리와 그녀들의 삶을 글로 써보자는 제안을 한다. 흑인 가정부들의 목숨을 걸고 벌이는 일이었지만, 스키터는 그녀들의 이야기를 결국 책으로 출판하는데 성공한다.

임신했을 때부터 내 아이에겐 병명이 붙어 있었다. '선천성 낭성 폐질환 기형 장애.' 그리고 아이는 세상에 나오자마자 큰 수술을 받았다. 그 아이가 지금 다섯 살이 되었고, 비교적 건강하게 자라고 있지만 아직도 오른쪽 폐의 반 정도는 비어 있다. 폐가 계속 자라서 자리를 채우기까지는 몇 년을 더 기다려야 할 것이다. 하지만 폐와 붙어있는 심장도 영향을 받기에 너무 무리해서 뛰지 않도록 조심시키는 편이다. 폐와 심장에 연결된 혈관도 짧은 편이라 주기적으로 검진을 받아야 한다. 혈관은 약물치료도 실효가 없고 자연히 좋아지기를 기다리는 수밖에 없다. 최고의 실력을 갖춘 의사 선생님들을 만나서 결과가 좋았지만 수술과정에서 아주 작은 실수라도 있었더라면 내 아이는 장애인 판정을 받았을 수도 있다.

한동안 아이의 발달이 느려서 재활치료센터를 다닌 적이 있다. 재활치료를 받는 대부분의 아이는 장애아동들이다. 그 아이들은 본인들이 '장애인'이라고 생각한 적이 한 번도 없다. 그들이 좀 더 자라 보통사람과는 다른 범주로 규정한 장애인으로 부르는 걸 듣게 된다면 그 해맑은 웃음이 사라질 수도 있겠지 하는 생각에 마음이 시렸다.

하지만 '장애아동이 안쓰럽다'는 건 어른인 내가 보는 편견일 뿐 딸아이는 또래 친구를 만났다고 장난감을 가지고 같이 놀기도 하고, 서로의 얼굴을 찔러보며 장난치느라 바빴다. 나이를 먹고 더 많이 배우면서도 왜 우리의 마음은 넓어지는 것이 아니라 더 깊은 편견에 사로잡히는 걸까. '장애우를 만나 내 아이가 상처받을 것이 두렵다'지만 장애우의 부모가 그 말을 듣고 받을 상처는 미처 생각해보지 못했을까.

그리고 세상에 '당연한 건 없다.' 살면서 장염 한 번 걸린 적 없고, 맹장 수술 등으로 입원 한 번 한 적도 없던 건강 체질의 내가 많이 아픈 아이를 낳을 수도 있다는 사실은 단 한 번도 생각해보지 않았다. 누구에게나 있을 수 있다. 나의 자식이 장애우가 되거나 많이 아플 수도 있다는 말이다. 우리가 아직 경험하지 않은 일에 대하여 '우리는 다른 사람'이라고 감히 선 긋지 말자. 내 자식이 장애우라면, 내가 소중히 여기는 지인이 장애우라면 어떻게 혐오시설이라는 말을 할 수 있을까.

손가락이 하나 없거나 뇌성마비로 몸이 조금 불편한 것만 장애인 것이 아니다. 눈으로 보이지 않는 장애는 또 얼마나 많은가 말이다.

일상이 독서다

사람들에게 무시 당할까봐, 미움 당할까봐 할 말 못하고 사는 화병 장애자. 약자에겐 강하고 강자에겐 철저하게 을이 되는 다중인격자. 자신의 감정조절이 제일 어려운 분노조절장애자. 내 마음 속은 이미 장애 판정 1급이 아닌지 살펴볼 일이다. 뿌리 깊은 편견으로 장애인 시설을 '혐오시설'이라 치부하며 반대하는 부모들을 바라보며 아이들은 과연 어떤 생각을 할지 궁금하다.

나이를 먹어갈수록 물건 고르는 안목만 높아지는 시시한 어른이 아니라, 내 아이 옆의 다른 아이도 넉넉히 바라봐줄 줄 아는 그런 어른이 되고 싶다.

몸에 대한 단상

할머니가 돌아가시기 전에 당신의 앙상한 몸을 본 적이 있다. 돌아가시는 날까지 엄마가 돌보겠다고 하셔서 우리 집에서 몇 달간 같이 지내셨다. 할머니가 '몸이 이상하다'고 느꼈을 무렵엔 이미 췌장암 말기로 손을 쓸 도리가 없었다. 원래 체구가 작은 편이긴 했지만 언제나 에너지가 넘치는 분이셨다. 한시도 가만히 있질 않으시고 논으로 밭으로 부엌으로 분주하게 다니셨다. 하다못해 할 일이 없으면 개밥을 주러 돌아다니셨다. 그런 할머니의 몸이 돌아가시기 직전에는 40kg도 안 되셨을 것이다. 할머니의 거동이 불편해지자 아빠는 할머니의 앙상한 몸을 가볍게 들어 올려 부축했었다. 죽음이 가까워지면 제 몸도 이 세상에서 차지하던 공간을 줄여가는구나 싶어 할머니를 보며 쓸쓸한 마음이 들었었다.

요즘 핫한 연예인으로 불리는 설현을 볼 때마다 여러 생각이 든다. 젊고, 매력적이고, 생기가 넘친다. 그녀는 아예 콘셉트를 섹시 어필로 잡은 듯하다. 광고에서마다 좀 수위가 높다 싶을 정도로 노출을 한다. 그녀의 매력이 넘치는 젊은 몸에 대해 이러쿵저러쿵 할 수는 없지만, 솔직히 난 별로 좋아 보이지 않는다. 자신의 몸을 상품으로 내세운다는 점. 그 상품의 주요 고객이 남성이라는 점이.

할머니의 앙상한 몸과 설현의 매력적인 몸을 보면서 김훈의 〈화장〉이라는 소설이 생각났다. 책을 읽는 동안 '몸'에 대한 의문을 계속 품었기 때문이다. 소설에는 세 개의 몸이 등장한다. 죽어가는 아내의 몸, 아내와 대조적으로 살아있음을 상징하는 회사 직원 추은주의 몸, 소변 비우는 것도 마음대로 되지 않는 나, 화장품 회사의 중역인 오 상무의 몸.

잡지사의 여기자로 남편의 대학원 공부를 뒷바라지하며 딸을 낳고, 단칸 전세방에서 10억짜리 단독주택을 장만하기까지 반평생을 같이 한 아내. 편두통인 줄 알았던 그녀의 병명은 뇌종양이었다. 오랜 투병과 잦은 수술로 제 몸도 가누지 못해 발작 때마다 사타구니 사이의 똥물을 치우는 것도 타인에게 맡겨야 하는 아내의 죽어가는 몸.

그런 아내의 몸과 대조적으로 살아있는 젊음으로 묘사되는 추은주의 몸이 있다. 오 상무와는 마주칠 일도 없는 회사의 말단직원 추은주. 추은주의 빗장뼈와 선명한 푸른 정맥은 죽어가는 아내의 몸과 대조적으로 젊고 살아있다. 아내에게서 얻지 못하는 그 살아있음을 오 상무는 추은주의 몸에서 찾는다.

그리고 전립선염으로 혼자 소변도 보지 못하는 오 상무 자신의 무거운 몸이 있다. 방광에 눌린 듯 무거움에 바동거리는 그의 몸은 이러지도 저러지도 못하는 갈팡질팡의 상징인 듯하다. 죽어가는 아내의 몸과 살아있는 추은주의 몸 사이에서. 그리고 정하지 못한 화장품 광고의 콘셉트인 '여자의 내면여행'과 '여름엔 가벼워진다' 사이에서.

소설 속의 오 상무는 죽음이 가까이로 다가온 아내의 바짝 마른 몸을 씻겨준 후 담배를 한 대 태우면서도 추은주를 생각한다. 아이러니하게도 그녀에게 달려가서 사랑한다고 말하고 싶은 충동을 느끼면서 말이다.

죽어가는 아내를 두고도 '한눈' 파는 오 상무를 보며 친구들과 침 튀겨가며 수다를 떨던 기억이 떠오른다. '혹시 남편이 먼저 세상을 떠난다면 다시 재혼하겠느냐?'는 화제로 말이다. 이미 결혼해서 아이 한둘씩 키우고 있는 친구들은 대부분 재혼은 하지 않겠다고 한다. 결혼은 한 번 해본 걸로 족하다고. 그리고 제일 큰 이유는 아이에게 의붓아버지라는 존재 자체가 상처가 될 수 있으니 가능하면 그 상황을 피하고 싶다고 했다. 조금 슬픈 이야기지만 경제적 여력만 된다면 솔직히 여자들은 남자 없이도 살아가는데 큰 문제가 없다고 결론지었다.

똑같은 질문을 남자들에게 해본 적이 있는데, 대부분은 상처한 몇 년 후라면 재혼해도 괜찮지 않느냐고 되려 물어왔다. 남자 혼자 아이 못 키운다고. 그리고 자기도 너무 외로울 것 같다고. 막장 드라마의 이야기가 아니더라도 상처하거나 이혼한 지 얼마 되지 않아 바로 재혼을 하는 남자들을 주변에서 몇 봐와서 별로 놀랍지도 않았다. 그래서 남자와 여자는 다른 족속인가 보다 싶다.

얼굴이 통통하고 동그래서인지 나이보다는 적게 봐주기에 솔직히 나는 나이 스트레스를 거의 받지 않고 살았는데, 어느 순간 나도 부러움으로 20대 여자를 바라보는 때가 있다. 피부가 좋거나 날씬한 몸매 때문만은 아니다. 20대 특유의 젊은 몸이 발산하는 싱그러움이 있다.

고등학생 때 대놓고 화장을 할 수 없어 여드름 자국이라도 가려보려고 '존슨즈 베이비 파우더'를 얼굴에 두들겨댔었는데, 그 때마다 선생님이 그러셨다.

"너네가 얼마나 예쁜 나이인 줄 알어? 아무것도 안 발라도 그 자체로 너무 예쁘다."

이제 그 말이 이해되는 나이가 된 모양이다. 진하게 화장을 한 고등학생들을 볼 때마다 '안 그래도 참 예쁜데…' 라는 생각이 든다. 커피숍의 옆 좌석에 앉은 대학생쯤 되어 보이는 20대 여학생의 싱그러움이 부러워 가만히 쳐다보기도 한다. 그런 막연한 질투와 동경심이 소설 속 오 상무의 가슴에도 있었을 거라는 생각이 든다.

얼마 전에 노르웨이의 사회운동가이자 정치인이라는 토르스테인의 사진을 보고 깜짝 놀란 적이 있다. 그의 몸무게는 불과 17kg. 유전질환인 축수성 근위축이라는 병 때문에 평생을 휠체어에서 보냈다고 한다. 하지만 정상인으로 키우겠다는 부모의 의지 덕에 그는 대학을 졸업하고 세계 곳곳을 여행했다. 현재 그는 교사와 사회운동가를 거쳐 노르웨이에서 인기 있는 정치인으로 활동하고 있다.

화제가 된 것은 그의 누드 사진이었다. 흡사 막대기 네 개가 동그란 공에 붙어 있는 것 같은 형태의 그의 몸. 사람들이 흔히 말하는 아름다움과는 거리가 멀었다. 그는 사진을 공개해야 할지 오랫동안 고민했다면서 말을 잇는다. "성공한 삶의 척도는 외모가 아니라 우리 안에 내재된 가치들이라고. 더 나은 삶으로 나아가는 지름길은 내면을 가꾸는 것"이라고.

외모는 중요하다. 많이. 하지만 전부는 아니다. 누군가의 몸이 보여주는 것은 그 사람의 일부일 뿐이다. 토르스테인의 17kg에 불과한 몸이 그의 전부가 아닌 것처럼. 추은주의 유혹적인 빗장뼈가 그녀의 전부가 아닌 것처럼. 돌아가시기 전 40kg도 되지 않던 할머니의 몸이 당신의 전 생애를 말해주지 못하는 것처럼.

> "이봐, 지금 지지고 볶을 시간이 없잖아. '가벼워진다'로 갑시다. 내면여행은 아무래도 너무 관념적이야. 그렇게 정하고, 내일부터 예산 풀어서 집행합시다."
> — 김훈의 《화장》

몸치장하고 가꾸는 것도 바쁜데 마음까지 관리해야 하냐고 물을 수도 있다. 겉으로 보이는 것만 파악하고 사는 데도 피곤한데 내면까지 돌아볼 필요가 있느냐고 말이다.

하지만 눈에 보이는 것만 좇는데 바빠서 우리는 너무 가벼운 존재로 살아온 것이 아닌지. 텅 빈 내면의 나야말로 참을 수 없는 존재의 가벼움이 아닌지. 보여지는 내 몸이 나의 전부는 아니기에 오늘도 나의 내면을 읽어주는 시간을 가져야 하는 건 아닌지 말이다.

○
그 아이만의 단 한 사람

거의 30년 전의 일인데도 아직도 선명하게 남아 있다. 초등학교 3학년 때의 담임선생님. 학교 공부를 따라가기가 좀 벅찼고 워낙 숫기 없는 성격이라 조용히 지냈던 것을 생각하면 특별히 미움 받을 만한 구석은 없었지 싶은데…. 나의 어디가 그렇게 마음에 들지 않았을까, 지금도 가끔 생각한다.

어느 날은 친구가 일기를 잘 써와서 칭찬을 받길래 나도 한참 공을 들여 일기를 써갔다. '선생님놀이를 동생과 했는데 동생이 말을 듣지 않아 힘들었다. 선생님께서 우리를 가르치시느라 정말 고생을 많이 하시는 것 같다. 우리들이 말을 잘 듣지 않아 얼마나 힘드실까' 하는 내용이었을 것이다. 내심 선생님의 칭찬이 있지 않을까 기대했는데, 친구들이 다 듣는 앞에서 '너나 잘해라'라며 핀잔을 줬다.

그런가 하면, 자연시간에 '먹이사슬'이라는 주제를 공부하던 날에 선생님은 칠판에 큼직하게 파리, 개구리, 뱀이라고 적고 누가 누구에게 먹히는지 화살표로 표시해보라고 했다. 그러더니 갑자기 내 이름을 호명했다(평소엔 다정하게 이름 한 번 불러주지 않으면서!). 앞으로 나와서 먹이사슬 관계를 화살표로 표시하라고 했다.

파리는 개구리에게, 개구리는 뱀에게 잡아먹히는 정도야 알고 있었지만 공포로 얼어붙은 나는 손을 덜덜 떨면서 화살표를 엉망으로 긋고 말았다. 틀렸구나 싶어 칠판지우개를 들고 떨고 있는데 머리 위로 출석부가 쿵 떨어졌다. 선생님은 깔깔대며 웃어댔다.

"야, 이 멍청아. 어떻게 개구리가 뱀을 먹냐?"

담임선생님이 그 아이를 무시한다는 뜻은 반 아이들도 그 아이를 무시해도 된다는 묵언의 허용이었다. 그날의 먹이사슬 사건 이후로 새로 산 운동화에 연필로 구멍이 뚫려 있거나 생일 파티에 혼자 초대를 못 받는 일이 흔해지자 나는 학교생활이 참 힘겹게 느껴졌다.

가끔 생각한다. 날렵하고 눈치 빠른 아이도 있는 반면 나처럼 조용히 천천히 따라가는 아이도 있는 법인데, 나의 어디가 그렇게 마음에 들지 않았을까 하고. 그 시절에 당연한 것처럼 주고받았던 '촌지'에 관한 문제였을까? 차라리 그랬으면 알아듣기 쉽게 말씀해 주셨으면 좋았을 텐데.

한 번은, 숙제할 때 절대 전과를 보지 말고 엄마한테 물어보지도 말고 오롯이 혼자서 생각하고 내라고 해서 내 머릿속을 다 긁어 겨우 다섯 줄을 적어냈더니 형편없는 점수를 주신 선생님. 약속을 어기고 전과를 베껴 쓴 아이늘에게 그렇게 후한 점수를 주신 선생님이 반칙

하신 것은 아닌지.

우리 반에선 나와 놀아줄 아이가 없었다. 아직 아홉 살이었던 나는 같이 놀아줄 누군가를 찾아야 했다. 다행히 내겐 두 살 터울의 여동생이 있었다. 집으로 돌아오면 숙제도 안 하고 해질녘까지 동생과 열심히 뛰어 놀았다. 주차장 3칸을 차지해 피구를 하고, 피구가 지겨워지면 고무줄놀이를 했다. 그마저도 지겨워지면 놀이터로 달려간다. 그네도 타고 시소도 타고, 같은 아파트에 사는 아이들 몇이 모이면 술래잡기를 했다.

엄마가 "저녁밥 먹게 들어와"라고 소리치기 전까지 매일매일 새까맣게 탈 때까지 놀았다. 반에서 담임선생님의 눈치를 보느라 힘들었던 마음을 털어버리려는 양. 3학년이 되어 한층 어려워진 공부에 대한 부담을 털어버리려는 양. 그렇게 뛰어놀지도 않았더라면 아홉 살의 나는 학교생활에 적응하지 못하고 '은둔형 외톨이'가 되었을지도 모르겠다.

내가 가장 좋아하는 책 중의 하나인 바스콘셀로스의 〈나의 라임오렌지나무〉는 지금까지 세 번을 읽었다. 십대 때 한 번, 이십대 때 한 번, 삼십대 때 한 번. 하지만 좋아하는 책이면서도 자주 펼쳐보질 못하겠다. 읽을 때마다 가슴을 칼로 도려낸 것처럼 아프기 때문이다. 툭하면 폭력을 휘두르던 제제의 아빠, 가난에 찌들려 제제를 보듬어줄 마음의 여유도 없었던 엄마. 집에선 '악마 새끼'라고 불렸지만 속은 천사 같았던 아이. 그래도 얼마나 다행인가. 제제에겐 뽀르뚜까 아저씨가 있어서.

얼마 전에 읽은 권영애의 〈그 아이만의 단 한 사람〉이라는 책이 떠오른다. 하버드대의 조세핀 킴 교수가 말한 '그 아이를 진심으로 돌봐주는 단 한 명의 어른one caring adult만 있으면 그 아이는 변한다'는 내용에 근거해 23년차 초등학교 교사인 저자가 풀어낸 감동적인 이야기이다. 그녀는 자신을 학교에서의 엄마라고 생각한다. 그리고 반 아이 모두에게 '단 한 사람'이 되어준다. ADHD(주의력결핍 과잉행동장애)로 반 아이들의 학업을 방해하고 본인도 심각한 우울증에 빠져 있던 아이가 선생님의 관심과 사랑을 받으며 서서히 변해가는 과정은 정말 가슴 뭉클하다.

아이에게 한없는 사랑을 주는 첫 번째 존재가 부모라면 더 없이 좋겠지만, 혹시 그렇지 못하더라도 '그 아이만의 한 사람'이 있다면 충분히 바르게 클 수 있다는 걸 깨닫는다. 제제에게 단 한 사람, 뽀르뚜까 아저씨가 있어준 것처럼 말이다.

소심했던 내 어린 시절, 놀이터에서 그네를 타고 있으면 저리 가라고 행패를 부리는 남자애들이 꼭 있었다. 남자애들한테 밀려 엉엉 울면서 집으로 들어가면 엄마가 도끼눈을 하고 물어봤다.

"누구야? 누가 그랬어? 당장 앞장서!"

내 앞에 선 누구보다 크고 위대한 엄마. 그 엄마는 항상 내 편이었다. 세상 모든 사람이 나한테 손가락질을 한대도 우리 엄마만큼은 무조건 내 편이었다. 공부를 좀 못해도 "괜찮다. 할 수 있다"라고 위로해주셨고, 실수해도 "다시 해보자"고 무조건 믿어주는 사람도 엄마였다. 그런 엄마가 있어서 학교생활이 힘들어도 나는 버텨낼 수 있었다.

벌써 삼십 년이나 지난 과거의 일이니, 초등학교 3학년 때의 담임 선생님은 '먹이사슬' 사건 따위를 눈곱만치도 기억하지 못하실 거다. 하지만 선생님이 교실에서 가진 힘이란 아이들에겐 상상 초월의 권력이다. 권력자가 인식하지 못하는 말 한마디, 행동 하나가 아이들에게 미칠 영향력을 조금 더 생각해줬더라면 하는 아쉬움이 아직도 남아있다.

나도 초등학교 때 권영애 선생님 같은 분을 만났더라면 얼마나 좋았을까? 마흔 가까운 나이지만 새삼스레 그 선생님을 만난 아이들이 부러워진다.

그러다가 가만히 생각했다. 그때 훌륭한 선생님을 못 만났다고 안타까워만 말고, 내가 어떤 아이의 '단 하나의 어른'이 되어줘야겠다고. 내 아이뿐 아니라 주변의 아이도 돌봐주는 '단 하나의 어른' 말이다.

아빠의 자리

'빠다 코코낫' 비스킷과 노란 바나나 송이를 보면 아직도 가슴이 아련하다. 내 어릴 적 아빠는 고속버스 운행을 마치고 나흘 만에 집으로 돌아올 때마다 두 손 가득 먹을 걸 사오시곤 했다.

아빠는 고속버스 운전기사였다. 시골에서 막 상경해 별다른 기술도, 돈도 없던 20대 초반부터 아빠는 운전을 시작하셨다. 운전이 손에 익지 않아 사고도 많이 냈었다고 한다. 버스기사 봉급이래봤자 쥐꼬리만한데, 사고 비용을 처리하고 나면 남는 게 거의 없었다고 엄마가 푸념처럼 말하는 걸 들은 적이 있다. 남들처럼 대학을 다니며 캠퍼스의 낭만을 누리거나 넥타이를 매고 멋진 빌딩에 입주한 회사에 출근하는 꿈을 이루지 못했지만 아빠는 본인이 할 수 있는 최선을 다해 일했다. 시내버스 기사에서 고속버스 기사로 전향한 것이다. 그리고 아빠는 퇴직할 때까지 그 고속버스 회사에서 근무했다.

가진 것 없이 시골에서 상경해서 서울 한 구석에 자리를 잡고 살아가느라 먹고 살기 바빴던 젊은 아빠와 엄마. 선택의 여지도 없이 반지하 단칸방에서 두 분은 신혼생활을 시작했다. 나와 동생이 생기고선 조금 더 돈을 모아서 햇볕이 드는 1층의 단칸방으로 옮겼다. 그리고 생애 처음으로 내 집 마련에 성공했다. 대단위 분양이 있었던 상계동에 56m²(17평)짜리 주공 아파트로 이사를 한 것이다.

결코 많다고 할 수 없었던 아빠의 월급을 엄마는 아끼고 또 아껴서 썼다. 내가 고등학생이었던 때만 해도 엄마는 당신 마음대로 옷 한 벌 사 입을 수 없었다. 기본 생활비에 두 아이의 학원비만으로도 살림을 꾸리기 벅찼을 것이다. 그 와중에도 56m²(17평)에서 79m²(24평) 그리고 109m²(33평)로 조금씩 집을 넓혀갔다. 그리고 자식 둘을 대학, 대학원까지 공부시켰다.

두 딸이 이미 결혼해서 자식까지 낳았으니, 이제 우리 네 가족은 두 배가 되어 여덟 가족이 되었다. 가족이 다 모이면 아빠는 흐뭇한 마음을 감추지 못하고 술자리를 만드신다. 이런 날 보려고 내가 그리도 열심히 살았다면서.

우리 네 식구가 같이 살던 신림동의 단칸방에는 다락방이 있었다. 허리를 잔뜩 구부리고 머리가 천장에 닿지 않도록 조심해서 다락방에 올라가면 아빠의 보물들인 레코드판이 수북이 쌓여 있었다. 영어로 적혀 무슨 노래인지 알 수도 없었던 그 레코드판에 아빠의 젊음이 서려 있었다. 아빠도 다른 이십대들처럼 조금 더 철없이 시간을 보내고 싶었을 텐데, 미처 다 꽃피우지 못했을 아빠의 이십대가 안쓰럽다. 멋모르고 서울로 상경해 먹고 살기 위해 뛰었던, 어린 나이에 네 식구의 가장이 되어 어떻게든 젖먹이들을 먹여 살리려고 애쓰던 젊은 아빠의 모습이 그려져 가슴이 시리다.

당신은 책을 거의 읽지 않으면서도 나와 동생에겐 자주 책을 사주셨던 아빠. 상계동 노원역에는 큼직한 동네 서점이 있었다. 점원에게 도움을 받으셨는지 이오덕 선생님의 동화라든가 당시 유행하던 베스트셀러를 사오시곤 했다. 그 때 아빠가 사오셨던 〈앵무새 죽이기〉 〈돌연변이〉라는 책은 아직도 내 책꽂이에 꽂혀 있다.

생각해보면 아빠에겐 참 낭만적인 구석이 있었다. 노원역 귀퉁이에서 꽃을 팔던 고학생을 보면 그냥 지나치질 못하시고 한 다발씩 사가지고 오셨다. 그래서 장거리 운행을 마치고 아빠가 돌아올 때 두 손이 가득 차 있었다. 우리가 읽을 책과 꽃다발, 빠다 코코낫 비스킷, 바나나 한 송이. 부산까지 왕복으로 운행할 땐 매일 출퇴근할 수 없어서 아빠는 사흘이나 나흘에 한 번 꼴로 돌아오셨다. 아빠가 오시는 날은 맛있는 바나나를 먹는 날이므로 동생과 나는 잠도 자지 않고 밤늦게까지 아빠를 기다리곤 했다.

고등학생 때만 해도 우리 아빠도 교수라든가, 대기업 임원이라든가, 공무원이라든가, 하다못해 학교 교직원처럼 누구에게 "아빠 뭐하시니?"라고 질문을 받아도 남부끄럽지 않게 대답할 수 있는 직업이면 좋겠다는 철없는 생각을 했다. 그런 생각에 아빠에게 못되게 굴기도 했다. 초등학교 때까지야 아빠가 커다랗고 대단해 보였지만 고등학생이 되니 왜 우리 아빠는 돈이 별로 없나, 왜 더 멋진 직업을 갖지 못했나 싶은 생각에 일부러 아빠에게 반항하고 삐딱하게 말을 하기도 했다. 나와 대화 수준이 맞지 않는다고 건방진 생각도 했다.

아빠와의 삐딱선은 그러고도 꽤 오래 지속되었다. 대학생이 되어서도 별로 원만하게 지내지 못했으니, 아빠와 대화라는 걸 해보지 않은 시간이 거의 십 년 가까이일 것이다. 결혼식장에 아빠와 같이 입장할 때 비로소 깨달았다. 아빠가 생각보다 많이 작고 왜소하다는 걸. 같은 집에 그토록 오래 함께 살았으면서도 왜 그토록 아빠가 커 보이고 어렵기만 했을까.

딸아이가 태어나자마자 인큐베이터로 옮겨지고 사흘 만에 수술을 받기로 결정된 날. 밤 10시에 병원에서 수술 동의서에 서명하러 오라고 연락이 왔다. 병원 입장에서야 하루에도 수백 장의 사인을 받는 특별할 것 없는 동의서일 것이다. 하지만 우리에겐 수술이 잘못될 경우 아이의 목숨이 위험할 수도 있고, 그에 대한 책임을 병원에서 지지 않겠다는 일종의 면책서 같은 종이였다. 하는 수 없이 사인을 하고 착잡한 마음으로 친정집에 돌아오니 아빠 혼자 소주를 드시고 계셨다. 긴 한숨 끝에 뱉어낸 아빠의 한마디.

"너네 정말 기도 많이 해라."

할머니가 돌아가셨을 때를 빼고 한 번도 아빠가 눈물 흘리는 걸 본 적이 없다. 아니 딱 한 번 있다. 딸아이가 돌 무렵에 폐렴에 걸려 중환자실에 입원했을 때. 저 녀석 이제 좀 사람 구실 하나 싶어 다들 마음 놓고 있던 때 또 입원해버린 아이. 폐가 제 역할을 못하니 인공호흡기를 끼고 약 기운에 취해 늘어져 있는 아이를 보더니 아빠가 그만 눈물을 왈칵 쏟고 말았다.

"아이구, 이놈아…."

생각해보면 병원깨나 다녔던 딸아이 옆에는 항상 할아버지인 우리 아빠가 있었다. 매번 남편이 휴가를 낼 수 없어 어쩔 수 없이 아빠를 불렀다. 내가 아직 운전이 서툴러 먼 거리에 있는 병원까지 아이를 태우고 갈 자신이 없었던 탓이다. 고속버스 회사에서 퇴직하시고 바로 이듬해 아빠는 택시 면허를 땄다. 이제는 개인사업자인 아빠를 자꾸 부르면 하루 수입이 그대로 사라진다는 걸 알지만 어쩔 수 없었다. 아빠는 손주 일이라면 두 말 않고 언제나 달려와 주셨다. 친정집이 있는 안양에서 우리가 사는 부천까지, 그리고 병원이 있는 서울의 풍납동까지.

그렇게 무뚝뚝하고 속마음 표현하는데 서툴렀으면서도 역시 내리사랑인 걸까, 손주를 안을 때면 노래가 절로 나오시는가 보다. 미처 다 외우지 못한 동요의 아는 가사만 열심히 돌림 노래로 불러주고, "우리 하은이, 우리 하은이" 하면서 새로운 노래를 만들어 불러주기도 했다.

딸아이는 자기를 안고 동동 뛰어다니시는 할아버지가 신기했는지 입을 벌리고 할아버지를 빤히 쳐다보곤 했다. 다섯 살이 된 지금은 할아버지와 밀딩을 히느라 할아버지가 말만 걸면 까르르 웃으면서 멀리 달아난다. 일부러 "할아버지 싫어. 흥" 하다가도 어느새 할아버지 무릎 위에 앉아 재잘거리고 있다. 할아버지와 그 손녀딸을 바라보니 은근히 닮았다. 하긴 내가 아빠의 판박이인데, 말해 무엇 하리.

아사다 지로의 〈철도원〉을 읽으며 아빠 생각이 나서 몇 번이나 눈물을 훔쳤다. 자신의 아이가 시체가 되어 실린 열차도 평소처럼 홈에서 깃발을 흔들며 맞이했던 철도원. 아내가 위독하다는 소식을 듣고도 역의 등까지 다 끄고서야 병원에 찾아가는 바람에 아내의 임종조차도 보지 못한 철도원. "나도 철도원인데 사사로운 집안 일로 눈물을 보이겠습니까?"라며 끝내 눈물 한 줄기 흘리지 않던 철도원.

어쩌면 우리 아빠도 '가장' 또는 '사회의 일원'이라는 이름으로 살아오며 자신의 이름은 오랫동안 잊고 산 것이 아닐까. 한 번도 물어보지 못했다. 아빠의 어릴 적 꿈은 무엇이었는지. 먹고 살기 위해 선택한 운전기사 외에 아빠도 분명 뭔가 하고 싶고, 되고 싶은 꿈이 있었을 것이다. 이십대 운전기사 아빠가 가족들을 먹여 살리기 위해 아침부터 저녁까지 핸들을 잡아야 했던 모습이 다락방에 켜켜이 쌓여 있던 레코드판과 겹쳐져 그려진다.

친정집 사진첩에는 꼬마였던 내가 아빠의 운전모를 쓰고 웃고 있는 모습의 사진이 있다. 어린 눈에는 아빠의 모자가 그렇게 멋져 보였더랬다. 챙이 넓고, 흰색과 남색 그리고 황금색 끈으로 표장이 된 운전기사의 모자. 그 모자를 쓰고 제복을 입고 출근하는 아빠의 모습은 정말 멋있었다.

자식을 낳아봐야 아비의 마음을 안다더니, 정말 그렇다. 딸아이를 낳고 전에 느껴보지 못했던 아픔과 기쁨을 경험하지 못했더라면 난 평생 가도 아빠의 마음을 헤아릴 길이 없었을 것이다.

요즘 아빠의 영상통화가 잦다. 영상통화를 하기 전에 카톡으로 메시지가 먼저 온다.

"집에 도착했냐? 하은이 얼굴 좀 보자."

이제는 어깨의 짐을 내려놓고, 손주 보는 즐거움에 가볍게 사셨으면 좋겠다. 가슴에 담아두고 한 번도 못했지만, 더 미루면 분명히 후회할 말을 되뇐다.

"아빠, 사랑합니다!"

일상이 독서다

지은이 | 이혜진
펴낸이 | 박영발
펴낸곳 | W미디어
등록| 제2005-000030호
1쇄 발행 | 2017년 9월 29일
주소 | 서울 양천구 목동서로 77 현대월드타워 1905호
전화 | 02-6678-0708
e-메일 | wmedia@naver.com

ISBN 978-89-91761-97-1 (03810)

값 12,000원